中公文庫

旅の絵日記

和田　誠
平野レミ

中央公論新社

旅の絵日記

和田誠
平野レミ

& 唱・率

7月25日（火）

パリ行きエール・フランス２７５便の出発が二時間遅れるという。余裕をみて成田に着いたので時間がありすぎる。とにかくチェックインをすませると、レストランの食券をくれた。何か食べて時間をつぶしていてくださいということらしい。

たっぷり時間をかけてごはんを食べる。私たちの一行は、私と夫と二人の子ども。夏休みの家族旅行である。私、平野レミ。夫、和田誠。長男、唱《しょう》、中学二年生。次男、率《りつ》、小学校四年生。

ゲイトに入る時間が近づいたのでレストランを出て、出国手続きの場所（パスポートを見せるところ）へ向かった。ところが大変、旅行者だらけでラッシュアワー以上。地面が見えないくらい人がいる。夏休みの旅行シーズンだということを忘れてた。行列は長くて、なかなかパスポートのお役人のところまで行けない。離陸時間はもうすぐなのに。

　ところが行列をとばしていきなりお役人のところに行く人が何人もいる。間に合わないので特例が認められるらしい。私が「ずるいずるい」と言っていると、列の前の男性が「いやあ搭乗手続きはしてるんだから、乗らなきゃ飛行機は出ませんよ」とのんびりしている。そのうち外国人の団体さんがドヤドヤと前の方に行った。私たちはいっこうに前へ進めない。時間は迫る。日本人の青年がまた前へ行こうとする。「だめよ割りこんじゃ」と私が言うと、その人は「四時の飛行機に乗るもんですから」と言う。「私は三時半よ！」と私が大声で言う。またまた外人の団体が割りこみそうになり、前ののんびり男もさすがに「みんなでガードを固めましょう」と言い出す始末。

　やっとお役人のそばに来た時、「エール・フランスにお乗りの方はいませんか」と無線を持った人が呼んでいる。パスポートのところを通って、無線の人にせきたてられるように機内へ。私たちが最後の四人だった。何時間も時間をもてあましていたのに、何でこんなにあわてなきゃならなくなっちゃったのだろう。

飛行機は満ぱい。私たちは二人ずつちょっと離れた席に。離陸。サービスのシャンペンを飲んでほっとする。さあこれから二十五日間の旅だ。

ちょっと寒い。毛布をひざにかける。まだ寒い。もう一枚毛布を借りて肩にかけたいと思った。通りかかったスチュアデスに「ブランケット・シル・ブ・プレ」と言った。スチュアデスは私に「ワン・パーソン・ワン・ブランケット」と言う。私は寒いという身ぶりをして「コールド」と言った。そしたらそのスチュアデスは走る身ぶりをしながら機内の通路を指でぐるぐるやっている。「寒ければ走れ」と言っているらしい。それきりどこかへ行ってしまった。

しばらくたってやっぱり寒いので、今度は男の人（パーサーと言うのかスチュアードと言うのか）を呼んで「ブランケット・プリーズ」と頼んだら、すぐ持ってきてくれた。それで寒さは解決したけれど、さっき「ワン・パーソン・ワン・ブランケット」と言い、寒ければ走れと言ったのはどういうことだろう。眠ろうと思ったが、そのことを考えるとシャクにさわってきて眠れない。

それで今度は日本人のスチュアデスを呼んで、さっきのフランス人スチュアデスのことを話した。日本人スチュアデスは驚いて、「まさか」と言い、奥に行ってちょっと偉いらしい男の人を連れてきた。そして「そんな失礼なことを言うスチュアデスはクビです。どの人ですか」と言うので、私は見まわしたけどよくわからない。そしたら男の人はスチュアデスのチーフみたいなおばさんに命令して、機内の全部のスチュアデスを私のまわりに呼んだ。一人ずつ私の前に出して「この人ですか?」「この人ですか?」ときく。でも外人の顔はみんな似ているので、どの人だかよくわからない。たしかヘアをシニヨンにした人だったけど、そういう人は見あたらない。「この人ですか?」と言ってるおばさんが実はそうかもしれないと思ったりしたが、結局私の思う人はいないままウヤムヤで終わってしまった。でもたくさんのスチュアデスを私の前に連れてきたエール・フランスの誠意に免じて、許してあげることにしましょう。

　唱のセリフ

「眠ってて目をさましたら、目の前にスチュアデスがいっぱいたかってるのであせったよ。何でいつもお母さんはオーバーなことをするんだ」

こうして波乱含みで旅は始まったが、飛行機は無事シャルル・ド・ゴール空港に着陸。

銀行でお金を替えて（この銀行を見つけるのにひと苦労した。普通は荷物を受けとるとそのそばにあるのだが、そこが閉まっていたのでほかを捜さなくてはならない。空港の人にきいてもかなりいい加減なことを教える人が多かった）タクシーに乗り、ホテルに向かう。シャイヨー宮のそばのシドテル・セントラル・パークというホテルである。

ホテルには関原さんがもう着いていた。

関原彰さん。写真家。もう長いことフランスに住んでいる。ずっとパリにいて、今はニース。私が文化出版局の仕事で初めてフランス旅行をした時、カメラマンとして同行した。それ以来のお友だちで、うちの子どもたちを可愛がってくれる。三年前にも私たち一家はヨーロッパ旅行をしたが、その時も関原さんはレンタカーに私たちを乗せて運転してくれた。なにしろ取材旅行でヨーロッパ中とび回っている人なので、地理にくわしくビュンビュン行っちゃう。言葉もフランス語はペラペラ、英語もＯＫ、イタリー語、スペイン語も片言程度はだいじょうぶときているから心強い。今回は本を作ろうという計画があるので、写真家として参加してもらいながら、車の方もちゃっかり頼んだわけなのです。

関原さんはたまたまマガジンハウスの仕事でパリに先に来ていた。明日まではまだその仕事があるという。

パリにはもう一人、私の友だちがいる。パリにお嫁に来て二十年の昭子ちゃんだ。彼女のお母さんと私の父が知り合いで、子どもの頃からの友だち。旦那さまはパリで理髪店をやっている。フランス人従業員をいっぱい使っている日本人オーナーである。

昭子ちゃんへのお土産《みやげ》に梅干一箱を持ってきたので、電話をかける。午後成田を出て今はもう真夜中の筈だけど、パリ時間だとまだ宵の口。これから会おうということになって、トロカデロ広場の角のカフェテラスを待ち合わせ場所にする。

ホテルを出てぶらぶら歩くと、すぐトロカデロ広場。道路にはみだしたカフェテラスのテーブルについてビールを飲む。もうすっかりパリ気分だ。

昭子ちゃんと会うのは三年ぶり。長男のヒロちゃんを連れてきた。ヒロちゃんはうちの唱と同い年。夏休みに日本に行って床屋さんの修業をして帰ってきたばかりだという。うちの子よりずっと大人っぽい。一人で住みこみの修業に行って成長して帰ってきたのよ、と昭子ちゃんが話してくれる。日本語はたどたどしい。両親は日本語で会話をしているのに、フランスの学校に通って友だちもみんなフランス人だから、顔だけ日本人で心はフランス人なのだ。

昭子ちゃんと別れてから、またぶらぶら歩いてエッフェル塔を見に行く。もう夜もふけてきたが、シャイヨー宮の広場は人がいっぱい。目の前にでーんとエッフェル塔がそびえ立っている。塔には100ansという文字がでっかく光っている。エッフェル塔が造られてから百年目。そしてフランスは革命から二百年目。その両方でパリはとても賑わっている。十日ほど前まで、革命記念日つまりパリ祭の頃は、パリのホテルはまるでとれなかったそうだ。

パタパタパタと音がする。黒人の青年がおもちゃの鳩《はと》を飛ばしながら売っているのだ。三年前と同じ光景。

子どもたちが眠くなったと言うのでホテルに帰る。

100 ans

7月26日（水）

すっきり目覚めた。眠るのを現地時間に合わせたせいか、時差ボケもない。みんなで朝食。ホテルの小さな庭を庭師が手入れしているのが見える小部屋で。注文をとりに来る女性がまず飲み物をきく。「カフェ？　テ？　ショコラ？」……。これを子どもたちはすぐ覚えて真似をする。

午前中にエッフェル塔に登ろうということになった。三年前に来た時は行列が長かったのでやめてしまった。今回は百年記念だから観光客ももっと多いだろうが、いっぱい並んでも絶対登りたい、と子どもたちが言う。

また歩いてエッフェル塔へ。塔の下の広場におもちゃの鳩を売っている黒人が数人。率が鳩を買ってくれと言う。

外国でおもちゃを買うのはどうも賛成できない。その国にしかないものならも

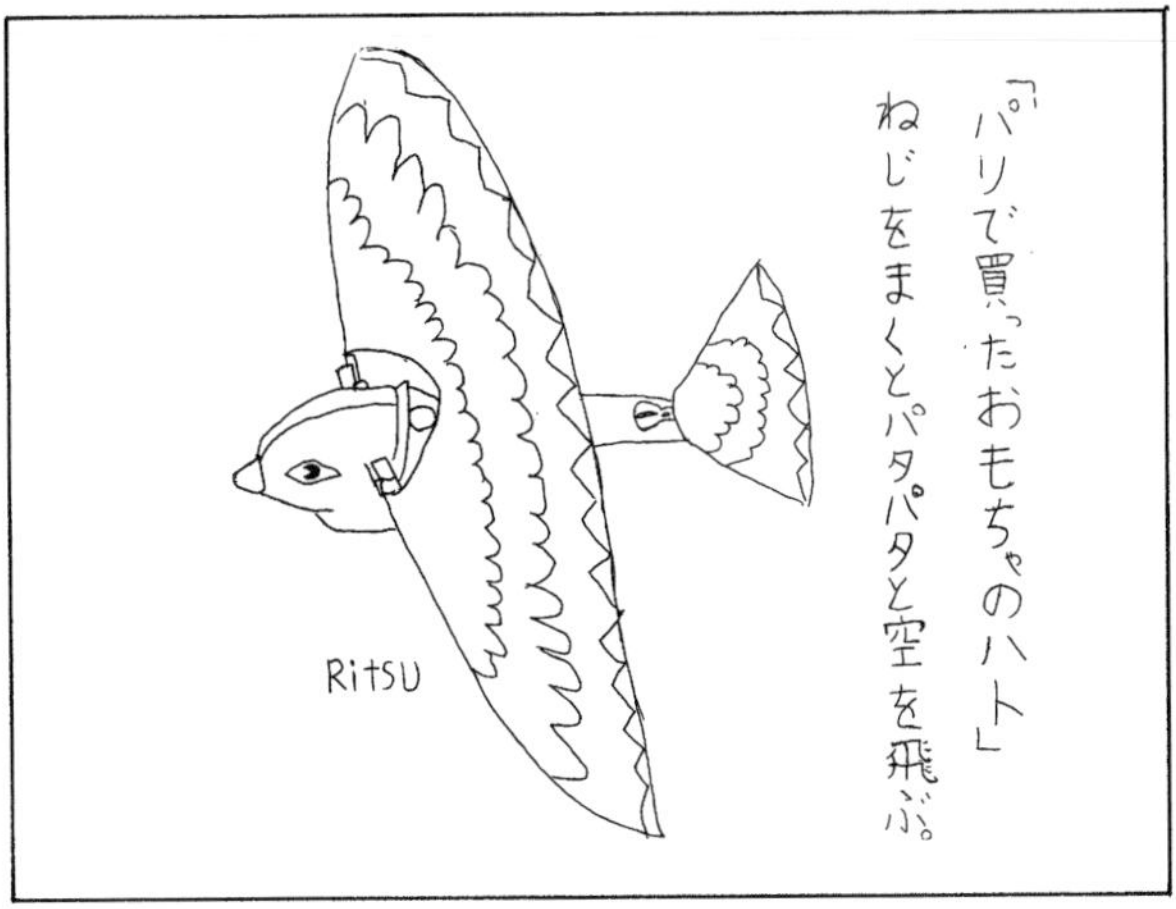

ちろんＯＫだけど、子どもがほしがるおもちゃはたいてい日本で売っている。うっかりするとメイド・イン・ジャパンだったりする。

だから反対したいのだけど、私も外国旅行の最大の楽しみは買物だ。夫は「風景でいいじゃないか」と言う。私もそれはそうだと思うが、外国で買って帰ったものをわが家で眺めていると、いつまでも旅行の感激が薄らがないのでとてもいいのだ。だから安いものでいい。安いけど素敵なものを見つけるのは最高のシアワセだ。だけど時間がかかる。子どももそのことを知っていて、旅行に行こうと子どもを誘うと

「お母さんは洋服とお皿ばっかりだからやーだよ」と言う。洋服と陶器は私の買物のメインだが、子どもには興味がない。

そういうわけで、子どもが何か買いたがる時にいつもダメと言ってはいられない。ときどきは買ってやらないと、私が買物する時に「早く早く」とうるさいのである。

率は鳩を手に入れた。唱はTシャツを買ってくれと言う。

思った通りエッフェル塔に登る人は多く、行列も長い。でもそれほど待たずにエレベーターへ。まず塔の脚のところから斜めに登るエレベーター。脚のつけ根のところで乗りかえて、今度は垂直に上へ。

エレベーターのスピードはかなり早くて、あらあらあらと言っている間に地面が遠ざかってゆく。ゾクゾクするほどスリリング。

上の展望台（先っぽはまだまだ上だが）からは三六〇度パリの街が見渡せてすごい景色だ。

帰りは脚の部分の斜めのエレベーターは使わずに階段を歩いて降りた。エレベーターだとすぐだけど、結構高くて下まで降りるのにかなり時間がかかる。下か

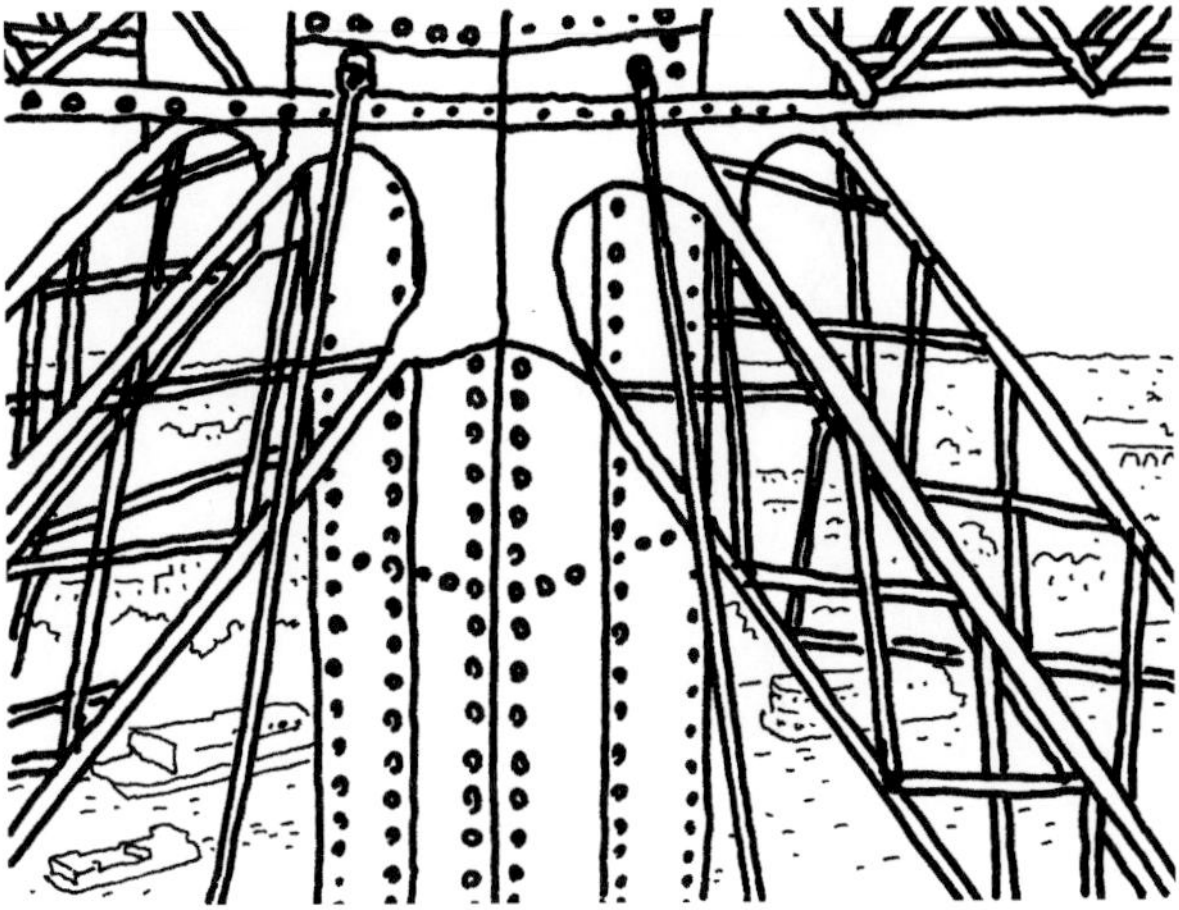

ら歩いて登ってくる人もいる。中にはおばあさんもいて、上を見あげてうんざりした顔で、私に何かペラペラ言っている。「下から見たらたいしたことないと思ったけど、歩いてきたらまだまだだねー。つかれるねー」と言っているのでしょう。私も階段をぜんぶクリアした時には、ひざの関節がガクンガクンになっていた。

鉄骨がしっかりしていて、リヴェットがいっぱいついていて、丈夫そうな塔だ。とても百年も前からあると思えないほど。でもだんだん鉄がもろくなっていって、あと百年もたつと危なくなるんじゃないかしら。

エッフェルさんという人は、本職は橋を造る設計技師で、橋なら横にかけるのを、上に向かってのばして塔にしたわけ。それから自由の女神の骨組もエッフェルさんが造ったのだそうだ。

エッフェル塔の次はセーヌ河の遊覧船。すっかりおのぼりさんだ。本当におのぼりさんだから仕方ないし、前に来た時はそんなふうにしなかったので、子どもたちにもひと通り風景を見せておきたいと思った。

船つき場までバスで行く。関原さんが案内してくれるからバスが利用できるけど、普通のおのぼりさんではどこからどこまでバスで行ったらいいかさっぱりわからない。

遊覧船は二階建て。小学校低学年の団体が二階に陣どる。私たちは下に。フランス語と英語とドイツ語でガイドのアナウンスがあるけど、さっぱりわからない。ただセーヌのほとりの風景をのんびりと眺めていた。

橋をくぐるたびに二階の子どもたちがわーっと歓声を上げる。橋にはひとつひとつ凝った彫刻があって、河の上の美術館みたいだ。

ノートルダム寺院を下から見あげ、シテ島をぐるっと回る。全部で一時間半ほ

どの観光。もう一つの折り返し点には自由の女神があった。ニューヨークにあるのよりずっと小さいけど形は同じ。ニューヨークの自由の女神はフランスからのプレゼントだから、その原型がパリにあるのだろう。

遊覧船を降りて、ぶらぶら歩いて、カフェテラスで遅いお昼ごはんを食べていたら、きのうも会ったヒロちゃんが偶然スケートボードに乗って通りかかって、ちょっと挨拶してまたすいすいと行ってしまった。すっかりパリっ子だ。

地下鉄を利用してオペラ座へ。唱が『オペラ座の怪人』が好きで、映画もミュージカルも見て、原作まで読んでいるので、実物を見せたかったのだ。オペラをやっていない時は、建物の内部を観光客のために見せてくれる。ただし今日は時間を過ぎていたので入れない。明日また来ることにする。オペラ座のそばで唱はTシャツを買った。

そのあと、ノートルダム寺院へ。さっきは船から見たけど、今度はそばまで行く。夕方になってくたびれてきたので、中には入らずにホテルに帰る。

7月27日（木）

朝、関原さんと夫は車を借りにレンタカー屋さんに出かけた。七人まで乗れるルノー・エスパスを借りてくる。明日からこの車で旅をするのだ。

午前中ルーヴル美術館へ。夫もまだルーヴルに入ったことがないと言う。ていねいに見ると何日もかかるそうだけど、私はとりあえずモナリザが見たいと思った。子どもたちもモナリザ、モナリザと言う。だいたいそれしか知らないのだ。

大きな美術館だから、すぐ入場できるかと思ったけど、とんでもない。すごい行列。しかもぞろぞろ入れるのではなくて、何人か入るとストップさせられる。館内の人数に制限があるらしい。

一時間近くも並んでやっと入ることができた。入口はガラスのピラミッドになっている。最近できたもので、新しいパリの名物になっているらしいが、古いルーヴルの建物とはうまく調和していないみたいで、違和感があるように私は思った。パリの人たちにとっては見飽きた風景がちょっと新しくなっていいのかもしれないけど、私のようなおのぼりさんには古いまんまのパリがいい。

美術館はすごく広い。行列だけで時間をくっちゃったから、関原さんとの待ち合わせの時間まであまり余裕がない。とにかくモナリザだ。私があんまりモナリザ、モナリザと言うので、夫は恥ずかしいとかほかにもいいものがあるんだとか言う。でもおのぼりさんだからしようがない。私みたいな人が多いらしくて、あちこちにモナリザの絵と矢印がついている。わき目もふらずに矢印の指示通りに急ぐ人もいっぱい。

モナリザの前は黒山の人。やっぱりみんなミーハーだ。モナリザだけは特別扱いで、ガラスのケースに収められている。思ったよりずっと小さいので驚いた。これが子どもの頃から本で知っていたモナリザの本物だと思うと感激である。

夫が「横から見ても、モナリザはこっちを見ているように見えるよ」と言う。子どもたちがやってみて、「ほんとだ、目がついてくる」と喜ぶ。ほかの絵はどうかやってみたら、正面向きの顔はみんなそうなるのだった。

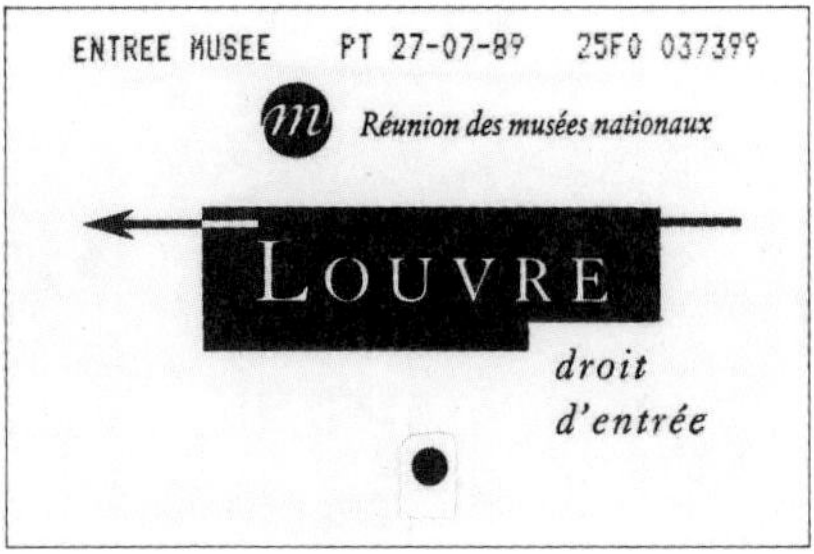
ENTREE MUSEE PT 27-07-89 25F0 037399
Réunion des musées nationaux
LOUVRE
droit
d'entrée

あとは駈け足でどんどん見る。あんまり数が多くてどっちみちゆっくりは見られないのだ。夫がこれは有名な絵だからちゃんと見ろと言うのだけその前で立ち止まる。約束の時間になって帰ろうとするが、出口がなかなか見つからない。同じところをうろうろしていたら、バッタリ会った日本人。渡壁さんだ。この間までＮＨＫのディレクターだった人で、うちの夫婦とはよーく知っている人。奥さんと友だちと三人づれで、スペインを回ってパリに来たところだという。私たちはこれからスペインよ、とか、ホテルはどこが素敵だったとか、名画の前で立ち話。記念写真なんかも撮って別れる。

関原さんと落ち合ってオペラ座へ。今日は入場料を払って中に入る。立派な階段があって、とにかく豪華な劇場だ。この階段のところに怪人が仮面をつけて現れるんだと言って唱は喜んでいる。

有名なシャンデリアを見なくてはならない。客席に入る。シャンデリアは修理中で下に降ろされていた。見あげると天井画はシャガールだった。

唱のセリフ

「シャンデリアが吊るさがってなかったのはがっかり。舞台と客席はもっと広いと思ってたけど、せまかった。そのかわり階段とか周辺が広い。うす暗くて本当に怪人が出そうでちょっと怖かった」

オペラ座のそばのカフェでサンドイッチを軽く食べて、ピカソ美術館へ。ルーヴルとはまるで違って小さな美術館で、今度は一点ずつていねいに見た。

ピカソって写真みたいな絵も描けるけど、一八〇度違う子どもの絵みたいなのも描く。気持が自由なんだなあと思った。そこらにある木屑《きくず》のようなものを組み立てて作った作品を見ると無邪気でいいなあと思う。

そのあと子どもたちは車から見えた遊園地に行きたいと言う。夫と関原さんは子どもにつきあって、私は昭子ちゃんと待ち合わせて買物に行く。リヴォリー通りから横丁に入ってウィンドー・ショッピング。楽しい。せっかくパリに来たんだから、これをしないとしようがない。男たちはこれが嫌いだから、一緒に行動しなくてよかった。化粧品を買う。東京で買うよりうんと安い。ソニア・リキエルのお店に入ってセーターを買う。

率の作文

パリの小さなゆうえん地に行った。

最初に小さいローラー・コースターに乗った。ところどころに、ぼこっとへこんでる所がこわかっただけであとはこわくなかった。

つぎにかんらん車に乗った。手すりのない大きなかんらん車だった。手すりがないのでいすにしがみついていた。こわかった。上のほうでとまってしまった時はすごくこわかった。唱ちゃんも「こえー」と何度もいっていた。やっと下についたと思ったら、またくりかえしてまわ

るので、また上に行ってしまう。なん回もまわって、やっととまった。

　つぎにおばけ屋しきに入った。唱ちゃんと小さい乗物に乗って、ごとごと進んで行った。中はまっ暗で、何かにぶつかったと思うと、それはドアで、ドアがあいてまた進んで行くと、がいこつやきみの悪い人形がいて、最後の方になるとドアがいっぱいあって、ドアがひとつあくごとに、本ものの人間の手がぼくたちの顔をさわって、唱ちゃんはそこで「ギャー」といった。

　そのつぎはかがみの部屋に行った。かがみのところとすきとおったところがまざっているので、まっすぐ進もうと思う

とゴンとぶつかってしまうので、気をつけながら手さぐりで進んで行った。ゴールインすると、今度はゆかがへこんだり、足もとがぐらぐらするようなしかけになっていて、歩きにくかったけど楽しかった。

夜は昭子ちゃんとご主人に誘われて、夕食。ブーローニュの森の中にあるレストラン、ジャルダン・ド・バガテル。煉瓦造りの建物は昔の厩舎《きゅうしゃ》だそうで、そこは厨房《ちゅうぼう》になっていて、食べるところは庭。うっそうとした木の茂みの下で、夕闇にまっ白いテーブルクロスだけが映えて、なかなか素敵。大きな犬を連れた客もいる。犬はテーブルの下でおとなしくしている。

木の梢《こずえ》がざわめいて、たまに葉っぱがテーブルにぱらっと落ちてくる。空気はひんやりして、真夏だけど寒い。昭子ちゃんのご主人が、お店の人に頼んでカーディガンを借りてくれた。

帰りにブーローニュの森を通ると、ところどころ暗闇に人が立っている。車のライトで明るくなると、それはべったりお化粧した女の人みたいだけど、昭子ちゃんのご主人が「あれは女じゃないんですよ」と教えてくれる。オカマさんが客

を待っているのだ。

ライトで照らし出された大女の外人オカマさんは、オペラ座の怪人より怪人だった。

7月28日（金）

いよいよ出発だ。ホテルをチェックアウトして、ルノーに荷物を積みこんで、パリを発つ。夫と関原さんとでだいたいの計画は立てているのだけれど、走りだしてみないと、どう変わるかわからないという。特に今はバカンスの季節で、車も混んでいるから、時間が読めないそうだ。私と子どもたちは最後にローマに着くということ以外、およそどんなコースを通るのかも知らない（聞いたけど忘れちゃった）。

パリを出ると、すぐに田舎《いなか》道だ。高速道路を使わずになるべく田舎道を通ろうということにしている。時間はかかるけど、のんびりと景色が楽しめる。八〇キロほど走ったところにシャルトルという町がある。まずここで停まる。

駐車場に車を入れて、町を歩く。両側に可愛らしいお店が並ぶ小さな道を抜けると、わっとひらけた場所に出た。その先に大きなカテドラルがある。古い古い感じのカテドラルで、一部はもう朽ち果てている。外から見るとちょっと陰うつな気分があったけど、中に入るとステンドグラスがきれいで、なぜか私は、とても興奮した。

パリと違って観光客も少なく、静かな気持でゆっくりとカテドラルの中を歩く。子どもたちはさっさと出ていってしまった。こんなところで迷子になったら大変だけど、捜したら関原さんと一緒に外にいた。

カテドラルのまん前で昼食。帰り道、お店に寄って面白い鳥の顔の柄のついた傘を買ったり、きれいな色のバッグ（実はランドセル）を買ったりしたが、買物

LA
VIEILLE
MAISON
CHARTRES

の嫌いな子どもたちと関原さんは、どんどん駐車場の方に帰ってしまう。私と夫とでゆっくり駐車場に帰ればいいや、と思って歩いたが、初めての町のまがりくねった道で、どこが駐車場だかわからなくなってしまった。

陽射しが強くて、今買ったばかりの傘を日傘にして、二人でうろうろ。傘をさしてると、みんなが見る。この暑いのに日傘している人はいない。外国の人って、サングラスはするけど日傘はしないのかしら。やっと駐車場を見つけてほっとした。

また出発。

オルレアンを通ったので車を降りて、ジャンヌ・ダルクの銅像を見る。きれいな町だけど、いちいちゆっくりしていてはなかなか先に進めないので、リモージュ方面に向かう。リモージュは陶器で有名な町だ。でもまだまだ遠い。

オルレアンから四五キロほど走って、シャンボールというところまで来た頃に、日暮れ。今日はここで泊まろうということになった。

ここにはシャンボール城というきれいなお城がある。そのお城のそばのサン・ミシェルという小さなホテルを交渉。ちょうど二つ部屋が空いていた。大きな部

31　7月28日（金）

シャンボール城の庭にいたミュージシャン。
人形が二人と同じ衣裳で同じ動きをする。

屋はうちの家族、小さな部屋は関原さん。昔は普通の家だったのをホテルに改造したらしく、私たちの部屋には外から直接入れるようになっている。ベッドルームのほかにリビングがあり、食器棚などもある。いかにも田舎のホテルで、パリを出て第一日目ですっかりムードは盛り上がっている。

　部屋を出てお城の庭へ行く。起伏のない広大な土地にお城だけがそびえて、左右シンメトリーの庭が果てしなく広がっている。見物の人は五、六人いるだけ。静寂と緑と澄んだ空気の中で、子どもたちは駆けっこしたりころげ回ったりして、大はしゃぎだ。

　夕食。ホテルのレストランで。テラスは満員で、中に案内される。大きな部屋だ。ホテルは小さいけどレストランは大きい。きっとお城を見に来る観光客が食べていくのでしょう。

　お城の庭には昔の衣裳を着けて馬に乗ったきれいな女の人がいる。これも観光客のためにやっているらしい。もっと観光客を喜ばせたのは深夜の光のショウだ。シンフォニーが鳴り響き、お城に照明が当たる。照明が次々に変わって、お城がいろんな表情を見せる。近所からも人が集まって（総勢四十人ほど）この光景を

見ている。
　ショウが終わる頃には私たちはすっかり眠たくなって、ホテルに引きあげた。

7月29日（土）

　朝食をすませてからシャンボール城を見学。ホテルの目と鼻の先にこんな素敵なお城があるのだから、夢みたい。

　このお城は戦争にも耐えられる砦《とりで》のような建物ではなくて、遊びのために建てられたらしく、女性的な、お洒落なお城である。

　また出発。

田舎道を走って小さな町にさしかかる。川が流れていて、橋を渡った時に私は「わー」と大きな声を出してしまった。橋の欄かんに、色とりどりの花がいっぱいからまりあっている。川には中州があってそこで男の人が三人、釣りをしている。中洲にはきれいな花が咲きみだれている。川の両側には小さなお菓子みたいなうちが並んでいて、どの窓にも花がいっぱい。

あわてて車を停めてもらって降りる。川岸に花園があって、その一部は革命二百年祭の絵になっている。まん中につげみたいな木でお城ができていて、両側に鉄砲や鋤《すき》を持った人たち、みんな花でできている。

見まわすと人が誰も歩いていない。釣りをしている人も人形みたいにじっと動かない。音は何も聞こえない。車も通らない。私は思わず、「どうしちゃったの、この町、なんなの。どうして誰もいないの。ここどこ」と連発してしまった。ここは天国で、この川は三途《さんず》の川じゃないかと思っちゃった。

関原さんに町の名前を調べてもらった。ロモランタンという町だった。

またしばらく走るとお昼ごはんが食べたくなる時間。グラセという町に停まる。ここも無人の町みたいに誰も歩いていない。レストランの看板を見て、そこに入る。ドアを開けて驚いた。人がいっぱいいて満員なのだ。町の人がみんなここにいるみたい。見なれない一団が入ってきたので、いっせいにこっちを見る。店の人が出てきてしばらく待てと言う。ヨーロッパの人はのんびり食事をしているので、いつまで待ったら席が空くのかと不安になったけど、しばらく待つと私たちは別室に案内された。

　そこはプライベートルームみたいに小ぢんまりした部屋で、私たち五人で満員。古いお皿が並べられた飾り棚なんかがあって、小さい窓から外を見ると中庭があって、果物がなっている。お洒落な気分で食事。昼間だけどビールで盛り上がる。

　料理の方は肉のソテーとか、まあ普通のものを選んだけど、食後のデザートのチョコレート・アイスクリームのおいしかったこと。手作りのものらしく、コクはあるけどしつこすぎない品のよさで、お腹がいっぱいなのにこんなにおいしく感じたことは初めてだ。

　夕方リモージュに着いた。ホテルを捜して町を一周。何軒かホテルがあったが、ドゥ・ラ・ペという名前のホテルに決める。

フロントには中年のおじさんが一人。荷物もこの人が持ってくれる。彼がこのホテルのオーナーらしい。

ホテルの廊下はまっ暗。鍵穴の位置などわからないので、スイッチを入れると電灯がつくけど、何秒かで消える仕掛けになっている。すごい省エネだ。電灯のついてるうちに急いで鍵穴を見つけないと大変。あわただしいったらない。

ホテルを捜して町を回っている時に、川のほとりに陶器を庭にひろげて売っている店が見えた。まだ明るいのでそこへ行きたいけど、子どもたちは拒否。関原さんはずっと運転して疲れてシャワー。私は夫とタクシーに乗って、その店へ行く。

大きな店が二軒並んでいた。両方とも陶器がぎっしり。ところが私が日本で「リモージュ焼」と思いをつのらせていたような、素敵な、きゃしゃな、レースを貼ったような、繊細な模様の高級品みたいなのがなくて、何だか安いというか分厚いオーブン皿みたいな感じのものばかりでがっかりする。どうやら高級品は、窯元から直行でパリか東京に輸出されてしまうらしい。

いかにもお土産ものみたいだけど、デザインが面白かったので、フランスのワイン地図とチーズ地図が描かれているお皿を買った。

帰りはタクシーがつかまらず、ホテルまで歩いて帰る。大きな川が流れてて、人も

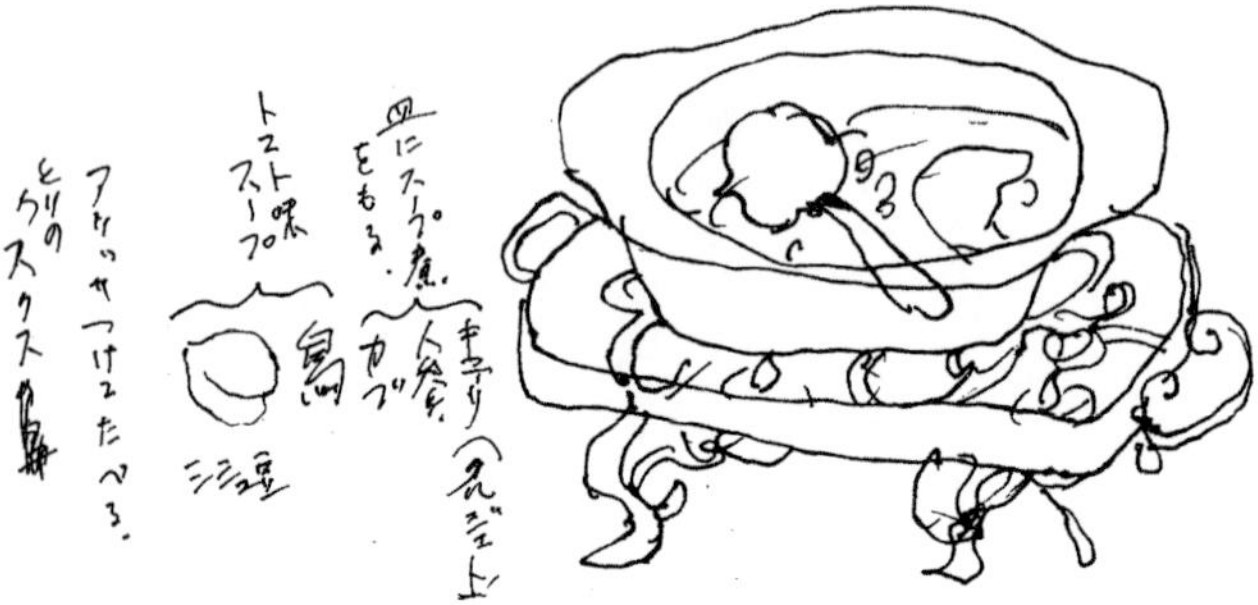

車も少ないのんびりした静かな町だ。

ホテルは入口や廊下、ラウンジ兼朝食用食堂の部屋まで、ビクターのマークみたいな古い蓄音機がぎっしり並べられている。古いレコードもたくさん壁にかかっている。ホテルのオーナーのコレクションだ。

「ちょっと聴かせて」と言うと、おじさんは喜んでいろいろの蓄音機を鳴らしてくれた。蓄音機だけでなく、自動ピアノや円盤型のオルゴールなどもあって、それも聴かせてくれる。手回しのものは子どもに回させてくれた。

晩の食事は外に食べに行く。町をぶらぶら歩いてレストランを捜す。入口の感じが風変わりな店があった。クスクスの店だという。食べたことはないけど、とにかく入る。

室内装飾は中近東ふう。ひげのあるあさ黒いお兄さんが料理を運んでくる。

クスクスはアラブ料理の一種。テーブルの上の火にかけたお鍋に各種のスープ煮があつあつになっている。各自のお皿にスムール（小麦を砕いて蒸したもの。原料はスパゲッティと同じらしい）をとって、スプーンでお鍋の中味をかけて、胡瓜《きゅうり》（クルジェット）や人参、カブの煮たものを添えて食べる。鶏のクスクス、ソーセージのクスクスなどの種類があって、どれもおいしかった。初めてのものにはたいてい難色を示す子どもたちも、おいしいと言って食べた。食べたことのないものを食べてみるのは楽しいと夫はいつも言っている。

7月30日（日）

リモージュに来たのにリモージュらしい陶器を買わないのはどうも心残りだ。ホテルを出発してから陶器の店を捜した。高級品ふうの陶器の店を何軒か見つけたけれど、今日は日曜日でお休み。やっと一軒開いている小さな店があった。ケースにはいい陶器がたくさん並んでいた。

おじさんが一人店番をしている。指さしてこれとこれをくださいと言ったら、ペラペラとフランス語で答える。だめだと言っているらしい。どうしてだめだかさっぱりわからないので車で待っている関原さんを呼んできて通訳してもらうと、ここにあるのはサンプルだから売れないということだ。売っていいのはこっちだと別のお皿をすすめてくれるが、そっちはほしくない。こっちがほしいのよとねばると、やっと三枚だけ売ってくれた。

店の奥が工房になっている。ここで作ってここで売っているのだ。日曜日なので工房に

ったあった。作りかけの陶器がごろごろしている。ああ、今リモージュにいるんだなあと嬉しくなった。

リモージュから約七〇キロ、ポンパドールという山の中の町に着く。ポンパドールは馬で有名なところだそうで、今日は競馬がある日だ。偶然だけどこの日に来あわせたので、これはやっぱり競馬を見ていかなくちゃ。

お昼ごはんを食べて時間をつぶして競馬場へ。ちょっと離れた高台からでもすっかり見えるけど、ちょっと遠いのでやっぱりそばで見ようと入場券を買って入る。といってもいかめしい入口などはなく、松林を通って広っぱに入ってゆく。みんなのんびりピクニックみたいにやってくる。子どもづれも多い。乳母車を押してくるお母さんもいるし、車椅子のおじいさんもいる。

馬券も売っているのだけど、賭けに夢中になっている人はいないみたい。椅子席は少しで、あとは野原に足を投げ出して座ったり寝そべったりしながら待っている。運動会とおんなじだ。

騎手が馬に乗ってやってくる。厩舎から出て小さな広場をぐるっと回る。すぐ

COURSES DE POMPADOUR
PESAGE
30 F
30 JUILLET 1989
№ 444
fabrègue, st-yrieix
PASSAGE DE CHEVAUX
SUR 3 km
VENTE
au PUBLIC
TAPIS D'ORIENT

手の届くところでそれをやってから、コースに出てゆく。

馬が走りだす。すごく速い。めちゃめちゃ広いコースだけど、あっという間に近づいて、目の前を通りすぎて、地響きだけを残してすぐゴール。あんまり速すぎて、どの馬が勝ったのかまるでわからない。

次は障害レースで、コースに植込みみたいなのを並べて、馬がそれを跳び越えてゆく。

勝負は私たちには関係なかったけど、走る馬の姿はとてもきれいだったし、とってもセクシー。騎手の服の色もきれい。日本の競馬場ではこんなにすぐそばで馬が走るのは見られないだろう。なにしろ、子どもたちは柵に座って見てるのだから。

レースはまだ続いているけど、私たちは出発。ラスコーに向かう。

ラスコーというのは、旧石器時代の人が描いた洞窟画のあるところ。スペインではアルタミラが有名だが、フランス側ではラスコーが有名なのだそうだ。唱は中学の自由研究で考古学部に入ってるから、ちょうどいい。

ラスコーまで来ると、見学者のための標識には「ラスコーII」と書いてある。

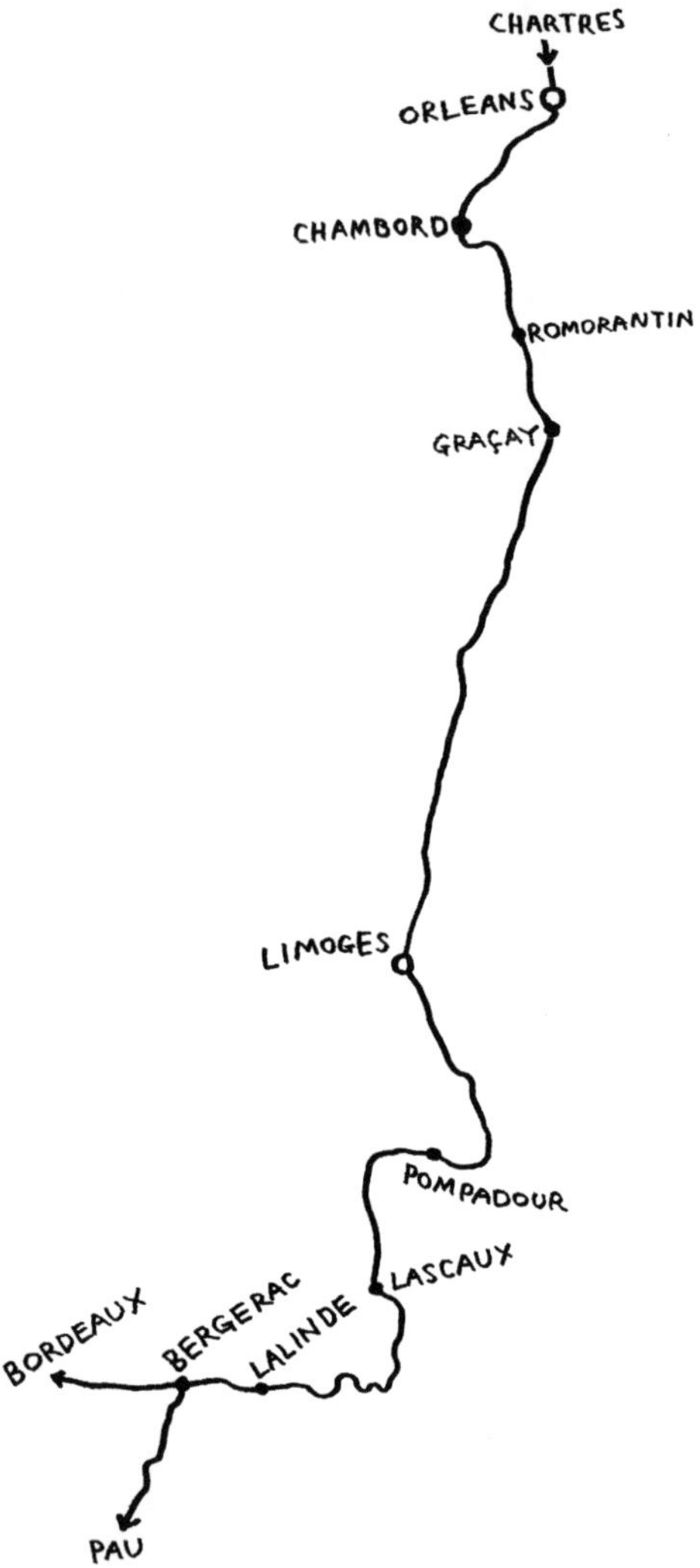
CHARTRES
ORLEANS
CHAMBORD
ROMORANTIN
GRAÇAY
LIMOGES
POMPADOUR
LASCAUX
BERGERAC
LALINDE
BORDEAUX
PAU

「II」とは何だろうと思ったら、よくきいてみると、本当に原始人が描いた壁画のある洞窟をつい最近まで一般公開していたのだけれど、だんだん痛んできたので公開をやめ、そばにそっくりの洞窟を作って壁画を再現して、そっちの方を人に見せているのだ。本物じゃないと聞いてちょっとがっかりしたけど、そっくりに描いてあるそうだし、せっかく来たのだからとにかく見学することにする。

林の中に車を停めて、洞窟に入る。ほかの見学者三十人くらいと一緒に、解説を聞きながら進む。解説は英語とフランス語。「本物の洞窟を見ることができるのは年に数人で、それは学者と政治家」と言った時に、みんな笑った。

洞窟にはぎっしりと動物の絵が描かれている。牛や馬や鹿など。迫力のあるいい絵だ。何万年も前の人がこんな絵を描いたのかと思うと気持がでっかくなる。でも気の持ちようにもよるけど、本物じゃないことを思い出すとついしらけてしまう。

ラスコーを出て八〇キロほどでラランドへ。ドルドーニュ川のほとりの町だ。

夕方になったのでここに泊まることにする。

道端の大きな木の下にテーブルが並んでいて、大勢ビールを飲んだり食事をしたりしている。そのうしろが小さなホテル・ドゥ・フォルジュ。前の道がホテルのレストランなのだ。

空いてる部屋があるかきく。ＯＫ。田舎町のホテル。ホテルというより「はたご」という感じ。部屋はせまいけど、こういうところに泊まるのも旅の楽しみの一つだ。

道端のレストランに私たちも参加。

この地方のワイン、と注文。ベルジュラックの赤ワインを飲む。軽い。唱が一口なめて「途中で味が切れる」と言った。中学生のくせに、結構するどいことを言う。

唱は三歳か四歳の時に夫が飲んでいたワインをなめて、「ブドウのくるちいにおい」と言った。幼児がワインと葡萄の関係をそんなふうに言ったのがとても面白かった。その後もたまに大人のワインをなめてみることがあるのだ。

メニューの前菜のコーナーには、メロンとテリーヌとサラミが並んでいた。この三つが同格というのが面白い。マシュルームのコンソメはトリュフ入り。野菜とベーコンのサラダ、きのこのオムレツ、鳩の蜂蜜《はちみつ》煮《に》を食べる。

のんびりした山の中のまったくの田舎なのに、テーブルクロスや蝶ネクタイのウェイターで、しっかりフランス料理していて、それがとてもサマになっている。この国の料理だからこんなに自然にできるんだなあと思った。

午後九時半が夕暮れ。

7月31日（月）

夜明けに一人でホテルを出て散歩する。どこからかパンを焼くにおいがする。ゆうべ雨が降ったらしく、石だたみが濡れていて、空気がさらにおいしい。

川のほとりに行く。きのう買った絵はがきを持って、カメラマンはここから撮ったんだなと、構図のそっくりなところから眺めて、いい気分になる。誰も人はいない。素敵な景色を私は一人占め。

ラランド発。ピレネー山脈へ向かう。ピレネーを越えてスペインに入るのだ。

ラランドを過ぎてしばらく走ると、矢印にベルジュラックという文字の標識が見える。「シラノ・ド・ベルジュラックの土地かなあ」と夫が言い出す。「そうかもしれませんね。行ってみましょうか」と関原さん。ゆうべ飲んだワインもたしかベルジュラックだったけど、その時は気がつかなかった。私は物語の方は知らないのに、シラノ・ド・ベルジュラックには愛着があった。というのは、漫画家の宮尾しげをさんが私の父の似顔を描いて（父は鼻が高いので）鼻を大きくして、その横に「ヒラノ・ド・ベルジュラック」と書いたのが、私が子どもの頃から大きくなるまで実家の居間にかかっていたからだ。

ベルジュラックを通るのは予定になかったけど、シラノの故郷を発見するつもりでコース変更、ベルジュラックの町に入った。有名な人物なのだから、オルレアンにジャンヌ・ダルクの像があるように、もし本当にシラノの町ならきっとシラノの像があるだろうと夫が主張する。

車で町の中を回ったけれど、それらしきものは見えない。駐車場に車を停めて歩いてみる。見あたらない。古い町であることは確かだが、シラノとは関係なさそうな気もしてきた。小さな店で絵はがきを売っている。観光客なんかいないような町で、絵はがきを売っているのもお土産もの屋さんではなく、普通の食料品屋さんのような店だった。

関原さんが、知らない町へ行くと一枚の中に五つくらいの風景が入っている絵はがきを買えばその町の名物が一目でわかって便利だと言っていたのを思い出して、そういうのを見つけたら、まん中にシラノらしい人物の像が写っていた。お店の人にきいたら少し先にあると言う。

古い住宅に囲まれた小さな空地に、その像はあった。鼻が大きくて、間違いなくシラノ・ド・ベルジュラックだ。なつかしい遠い親戚に会ったような気がした。

そばの家からおばあさんが出てきた。私は関原さんに「シラノ・ド・ベルジュラックはこのへんで生まれたんですか、ときいてよ」と頼んできいてもらった。そのおばあさんのうちがそうかもしれないし、それだったら素敵だと思った。そしたら「あの人はここで生まれたんじゃない。このへんに泊まったことがあるだけ」というのが答えだった。ちょっとがっかり。でも、泊まっただけの人の像を建てるかしら。おばあさんが間違っているんじゃないかと私は思う。

夫のコラム

シラノ・ド・ベルジュラックはエドモン・ロスタンの戯曲で知られているので架空の人物のようでもあるが、十七世紀に実在した人で、作家であり剣士でもあった。事典によれば生没ともにパリであるという。戯曲はその二百年後に書かれたもので、創作的要素が強い。この土地とシラノとの関係はよくわからないが、像は戯曲のシラノの姿ではないだろうか。

ボルドー方面を右に見て南下。葡萄畑の横をしばらく走っていると、小さいけれど賑わっている町に出た。通りにテント張りの店が並んでいる。朝市だ。車を停めて見物する。もう昼すぎで、みんな店じまいしかけている。こういうところで買物するのは楽しいのだけど、田舎町のペラペラのブラウスみたいなのばっかりで、ほしくなるものはなかった。

率がアイスクリームが食べたいと言うので、カフェに入って立ってアイスクリームを食べる。

　また車を走らせて、ポーに近い松林の中のレストランで昼食。ここのポタージュにはタピオカがいっぱい入っていた。椰子《やし》の芽のマリネがおいしい。たけのこみたいな舌ざわり。

　食べていると、むこうのテーブルにいたフランス人のおじさんがにこにこしながら近づいてきて、小さなよく弾むゴムのボールを床で弾ませて見せてから、うちの子どもに渡して、またにこにこしながら行ってしまった。うちの子を可愛らしいと感じてくれたのかな。子どもは「日本にはこんなのないと思ってくれたんだよ。珍しくないのにね」と恩知らずなことを平気で言う。

　いよいよピレネー山脈にさしかかる。唱のクラスの名前はピレネー組だから、車から降りて記念写真を撮ったりする。

　山も深くなってくる。その中に、突然ツルツル坊主の小高い山が見え、頂上に小さな素敵な建物が見えた。ホテルらしい。あんなところに泊まりたいね、とそこに向かう。やっぱりホテルだ。高いところで見晴らしは抜群。ここで目覚めるのはいい気持でしょう。交渉したら、団体が予約してるとかで空室なし。残念だけど、また先へ。

小さな町に入る。ところどころにサーカスのポスターが貼ってある。この町にサーカスがかかっているらしい。今夜はここに泊まってサーカスを見ようということになる。

町の名前はサン・ペ・ドゥ・ビゴール。ホテルもすぐ見つかった。ホテル・デ・ピレネーという小さなホテル。

今日は案外早く落ちついた。ホテルを出て町をぶらぶらする。雑貨屋で、率が小さなサッカーボールを買い、唱と町はずれで遊ぶ。小川があり、アヒルがいる。一羽の親と大勢の子ども。小川から出て、親を先頭に一列に歩いたりしてる。可愛いのでずっと見ていたら、犬と猫を連れた家族が通りかかった。今度はそっちを見ていたら、お母さんが女の子に何か言った。その子は犬と一緒にその場に残り、お母さんたちは行ってしまう。あの人たちが犬を見てるから見せてあげなさいとお母さんが言ったらしい。

女の子の年は率と同じくらいだ。言葉が通じないのに、にこにこしながらずっとそばにいてくれる。唱と率がアヒルのいる小川に行くと、彼女も一緒に行った

ÉCOLE du CIRQUE
un nom une réputation
ST PE DE BIGORRE
DU TÉNIS

りする。私は一生懸命話しかけたけどなかなか通じない。関原さんに助けてもらって話をきくと、彼女はこの町に住んでいるのではなく、今日はおじいさんのうちに来たのだという。アヒルはおじいさんのもので、大きくなったら食べちゃう。小さな妹も一緒に来たけど、今日は病気で寝てる。サーカスに行かないの、ときいたら、妹が病気なのでだめだと答えた。

　子どもたちに一緒にボールで遊んだら、とすすめた。すぐ三人仲よくボールで遊びはじめる。しばらく楽しそうにボール蹴りをしていたが、そのうちボールが川に落ちてしまった。深くよどんだ場所に落ちたのでとれない。女の子は哀しそうな顔をした。

夕食の時間なのでこれを潮どきに、女の子にバイバイと言ってホテルに戻る。彼女が大人に手伝ってもらってボールをとることができればいいなと思った。

ホテルで食事。キャベツ、豆、ベーコン入りの白いスープは肉のコクがよく出てて、私好みのスープだった。鱒《ます》のソテー。アーモンドのカリカリが鱒の上に載ってる。これもおいしい。プレーンサラダでさっぱりしたあと、デザートはチョコレート・アイスクリーム。固くてとてもいい。

そしてサーカス。ホテルから五、六分、夕暮れの山あいを歩くともう会場だ。会場といっても移動のテント小屋。切符売場もワゴンだ。おばあさんが切符を売っている。その横に柵のあるワゴンがあって、豹《ひょう》が入っていた。

モギリのお姉さんに案内されて席につく。席は木の椅子を並べただけ。客は私たち五人のほかに十五人くらいいたかしら。テントの中だけど、草ボーボーのところに直径七メートルくらいの木の輪っかを置いて、その中がステージだ。

司会のお兄さんが、マイクで何か言う。音楽が鳴る。音楽は隅の方で女の人がレコードをかけているのだ。男の人がテーブルの上に椅子を載せ、椅子を斜めに二本足にしてその上で逆立ちをする。なかなかうまくいかない。だって地面がでこぼこで、下のテーブルがガタガタ揺れるのだ。それでもその人は失敗すると恥ずかしそうな顔をして何回でもやり直す。

白い馬が出てきて輪っかの中をぐるぐる回る。女の人が脚で箱を回す。おばあさんが十四ほどのスピッツと一緒に出てきて、棒の上を跳びこえさせたり、シーソーをさせたりする。このおばあさんはさっき切符を売っていた人である。

二人のお姉さんがロープを登って高いところに行き、片脚をロープにひっかけて手を離したりする。そしてにっこり笑う。宙づりなのに笑うから、とても哀しい。このお姉さんはモギリをやってた人と、席まで案内してくれた人。レコード係もこの人たちがやっている。道具を片づけたり次の準備をしたりする男の人が一人いて、あとは司会者と若い男、おばあさん一人に若い女性三人、みんな芸人も裏方も兼ねているらしい。

休憩になるとお姉さんの一人がお盆を持って席を回る。動物のエサ代を寄付してくださいと言うのだ。私たちもいくらかお盆に入れたけど、少ないお客だからあんまり集まらないだろう。気の毒になってしまう。休憩中にクジ引き。子ども

ECOLE
DE
CIRQUE

たち前へいらっしゃいと言われて、うちの子どもも前へ。率はキーホルダーを、唱はワインを当てた。見ていると、みんな風船とかキーホルダーとかバッジ、それもコカコーラなんて書いてあるので、たぶん唱がいちばんいいものを当てたのだろうと思う。

　二部は女の人たちの空中ぶらんこ。大きくはないテントだから、大規模なサーカスのように高いところでやるわけではないけれど、すぐそばで見てるからうんと見あげるかたちになり、すごく高く見える。私は何度も「わっ」とか「きゃっ」とか言ってしまった。空中ぶらんこの時は例のおばあさんが

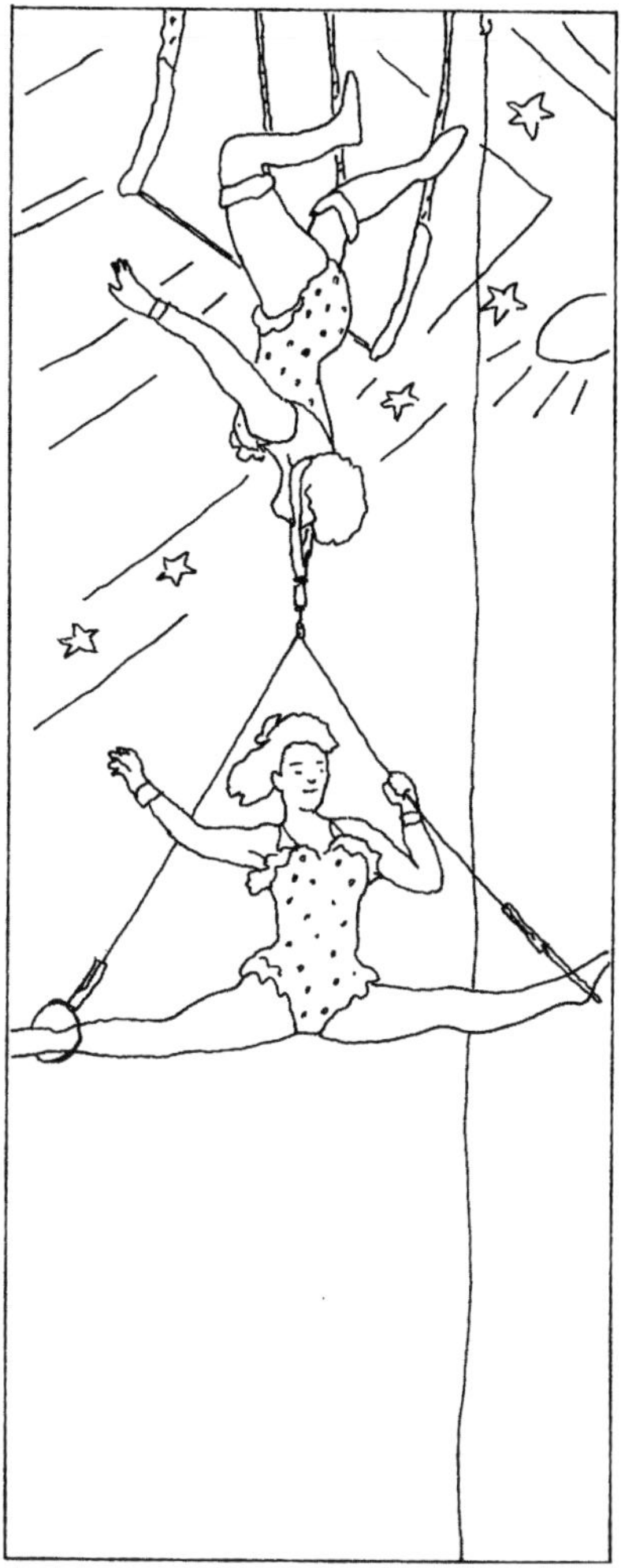

司会をする。さっきまでの司会者はどうしたんだろうと思っていると、ピエロの扮装をして現れた。このピエロはまず猿を背中に乗せた黒い馬を走らせてみせる。次にトランペットを吹く。それからおばあさんと大声で会話をする。これはコントになっているらしい。おばあさんが音がうるさいとトランペットを取り上げると、ピエロはふところからおもちゃの笛を出してまた吹く、というようなギャグをやって、今日のサーカスはおしまい。外で見た豹はついに出てこなかった。あれは客寄せのためだけみたい。

　サーカスって何だか哀しい。私が小さい頃、人さらいが来てサーカスに売られるという話を聞いたことがあって、うちに帰れない可哀そうな子どもたちがやっているような気がして哀しかったのだ。だけど哀しいのは日本の場末のサーカスのイメージだった。外国のは明るくて華やかで、哀しいことなんてないと思っていた。でも今日のサーカスはみんな明るい顔してやっているのに、お客さんも少ないし、それなのにレコードのボリュームは何百人もお客さんがいるみたいに大きな音で、そのことも哀しかった。ロープの上の女の人の笑顔も一生懸命作って笑ってる感じで、それにロープに当たる首のところが毎日やっているせいか赤く

はれ上がっているのが見えて、そういうところもみんな哀しかった。
夫も哀しいねえと言っていたが、子どもたちはそんなふうに感じた様子はなかった。

8月1日（火）

朝、ホテルの前の教会に入った。小さな町にも立派な教会が建っているのが素敵。中でぼんやりしていたら、ぶ厚い木の扉がギーガチャンと閉まってしまった。ステンドグラスはあるけど扉のところまで光が届かず、まっ暗であけ方がわからない。さあ困った。ここに閉じこめられたまま一生過ごすのかと思いはじめた時、子どもたちが外から扉をあけて入ってきたので助かった。

唱は旅行中、教会の椅子にじっと坐っていることが何度かあった。普段とはまるで違う態度。教会の中はひんやりと涼しくて気持がよくて落ちつくんだよと言う。

サン・ペ・ドゥ・ビゴールをあとに、今日はピレネー越えだ。途中きのうのサーカスがまだいるか車から見る。まだ午前中だから、ちょうどテントをたたんでいる頃かもしれないと思ったのだが、何にもなかった。ただの空地。草ボーボーの広っぱだ。よく見ると馬が走ったあたり、まあるく草が倒れている。あとはきれいに片づいて、ゴミ一つ落ちていない。テントを車に積んでもう出かけてしまったのだ。

ルルドに向かう。ゆうべ関原さんが「奇蹟の起きる町へ行ってみますか」と言った。何のことかよくわからなかったけど、私は奇蹟という言葉が大好きだから「行く行く」と答えたのだった。

ルルドへの道に、きのうのサーカスのポスターが貼ってあった。今日はルルドでやるのだろう。ポスターはベニヤに貼ってぶらさげる式のもので、そういえばきのうの町にあったポスターはみんな回収されていた。あの人たちが手わけして町のあちこちにポスターをぶらさげ、サーカスが終わると回収してまた次の町に持っていくらしい。芸を見せるのからテント張りからポスター貼りまで、全部自分たちでやるのだから大変だ。

　サン・ペ・ドゥ・ビゴールからピレネー山脈の中でひと山越えるとルルドだ。山の中なのにこの町に入るととても賑やか。夫と関原さんと同時に「熱海みたいだねえ」と言う。車が思うように走れないほど人がぞろぞろ。道の両側にお土産もの屋さんが並んでいる。

　車を駐車場に入れて、歩いて目的地へ。

　昔々ここは辺鄙《へんぴ》な山の村だった。ベルナデットという少女が住んでいて、ある日マリア様を見た。足もとを掘ると泉が湧いた。この泉の水は病気を治す力を持っていた。その話が伝わると、病気を治してもらおうと、近郊からも人々がこの村にやってくるようになった。

　というのが百三十年くらい前のルルドの奇蹟の物語なのだそうで、今では世界中から大勢の人々がやってくる。私たちのようなただの観光客もいっぱいいるけど、本当に奇蹟を信じてはるばるやってくる、身体《からだ》の悪い人もたくさんいる。

町の中心に大きな立派な教会が建っていて、その前の広場にも人がいっぱい。教会をバックに記念撮影をしている団体さんがいたが、ほとんど車椅子の人だった。

教会に入る。壁にぎっしり「メルシー」と書いたプレートが貼られている。名前も書いてある。きっと病気が治った人たちがお礼に来たのだろう。教会の中でも大勢の人がお祈りをしている。

教会の横手で、神父さんがマイクを使ってお話をしている。マイクがないと聴こえないほど大勢の人を相手にしていて、ここでも聴いている人のほとんどが車椅子。寝椅子の人もいる。よく聴くと、神父さんは英語で話している。アメリカから来た団体さんらしい。はるばるアメリカから車椅子をつらねて来たのだと思うと、胸がいっぱいになってしまう。

さあ問題の泉はどこにあるのだろう。教会の裏手だった。もちろんここも人でぎっしり。自然の泉だけではまにあわないので、泉から水道をひいて、たくさんの人が一度に飲めるように蛇口がたくさんついている。ここに行列をして、水を飲んだ。どうぞ健康でいられますように。

老夫婦がいる。おばあさんがおじいさんのズボンのすそをまくって、足を水につけてさすってあげている。水筒に水を入れて帰る人も多い。そういえば途中にプラスチックの容器を売る店がたくさんあった。このためなのだ。

泉の横にはたくさんのローソクが灯《とも》されている。ローソクを手に並んでいる車椅子の子どももいる。寝たきりのおばあさんも、担架で運ばれてくる。見ているとつらい。観光気分で来てはいけないところみたいだ。看護婦さんの姿がとても目につく。なにしろここは身体の悪い人が大勢来るところだから、いざという時に備えて看護婦さんが大勢いるのだろう。健康の有難さをつくづく感じた。

夫のコラム

『聖処女』という一九四三年に作られたアメリカ映画があった。ジェニファー・ジョーンズのデビュー作で、彼女はこれでいきなりアカデミー主演女優賞をとった。彼女の役がベルナデットである。アメリカの俳優たちが全員フランス人に扮して演じるのが妙といえば妙だが、大真面目な作品。監督はヘンリイ・キングだった。今回ルルドに行ったら町の映画館で『ベルナデット』というのを上映していた。これはフランス映画だ。ジャン・ドラノワ監督で、シドニイ・ペリイという女優がベルナデットをやっている。割合新作で一九八七年の映画。たぶんこの町ではずっと上映を続けているのであろう。

また出発。

いよいよ本格的なピレネー越えだ。山また山の雄大な景色のところを走る。人里を離れて、山脈のどまん中みたいな見晴らしのいい山道の脇に、牛の毛皮が干してある。何だと思って車を停める。掘立小屋のような小さなお店があって、毛皮を売っているのだ。

関原さんが大きな牛の毛皮の敷物を買った。今まで買物なんか目もくれなかったのに、いきなり買うからびっくり。関原さんは「買った場所が思い出になるような買物ならいい」と言う。たしかにこの場所は忘れそうにない。私もつられて

買いたくなって、どうせなら変わったものにしたいと思い、干しながら売っているツギハギの敷物にした。一五センチ角の狐の毛皮を毛なみを変えてつないだものだ。

　また走る。

　道の両側の小高いところに牛が歩いているのが見える。牛の数がだんだん多くなってくる。大きな牛が首に鐘をつけている。鐘がカランカランとのどかな音を出し、大きな牛が可愛らしく見えて、草は緑で花が咲いてて、遠くの山は青くて雲がかかって、なんとも素敵な風景だ。

　昼食は山の中。ピレネーの中腹のオービスクというところ。ここには馬がたくさんいる。みんなおとなしく、人なつこい。車を停めて、馬の間を通ってバンガローみたいなレストランへ。テラスで山と馬を見ながら食事。

　雄大な山々、まっ青な空。たまに雲が私たちの下を流れてゆく。まわりの山脈がうそみたいに美しくて、まるでスクリーン・プロセスみたい。

　海抜一七〇〇メートル。ビールにハムにサラミ。ハーブのオムレツ。おいしい空気という調味料が加わって、抜群においしかった。

　また牛や山羊が道をのそのそ歩いているそばを走って、いよいよ国境。ここから先はスペインだ。パスポート見せて、お金を替えて、また走る。

　ピレネーのフランス側は青と緑だったけれど、スペイン側は何だか赤と茶色という感じがした。山を降りるとますます殺風景になる。行けども行けども同じような景色で、これが果てしなく続くのかと思った頃、小さな都会に出た。ここがサラゴサだ。今日はサラゴサで泊まる。

　ホテル・メリア・サラゴサでひと休みしてから夕食のために町に出る。関原さんもここは初めてなのに、レストランのありそうな方に迷わず歩いてゆく。いつもそうだ。

旅なれているというか、嗅覚がすごく発達しているのだ。「犬みたいね」と私が言うと、ほめたつもりなのに、「犬と言われて喜ぶ人はいませんよ」と関原さん。

　ちょっと高級そうなレストランに入る。関原さん、ピレネー越えオツカレサマという意味をこめて最高のワインを飲もうと夫が言い出して、ワインリストにある中でいちばん値段の高いのを注文。ウェイターの態度が変わって応対がていねいになったように見えた。どんな高いワインを頼んだのかと思ったら、日本円にして二千五百円くらい。丼《どんぶり》に脚がついてるようなグラスで飲む。

　最初にサーモンのパテ。スペインに来たのだからガスパッチョを飲む。おいしい。率は「ドレッシングみたい」と言った。そういえばすっぱくてトロッとしている。

　アンチョビのサラダ。固く巻いたサラダ菜の株を四つ割りにして、ピンクのアンチョビを飾ってある。サーモンのソテー。生のサーモンのソテーに野菜のソース。デザートはアップルプディングのカラメルソースかけ。

8月2日（水）

サラゴサを出発。

町を出るとすぐ両側が砂漠みたいな田舎道になる。そこを八〇キロくらい走ると、忽然《こつぜん》と古い城下町が現れた。ダロカという町だ。車を降りて歩く。

メインストリート（といってもせまい道）を歩くと、おじいさんがたくさんいる。みな道端のベンチに腰かけてのんびり会話をしている。四、五人のグループもいるし、バーの前には二十人くらいたむろしていた。

ところどころ道の両側から張られた布には、フェスティバルの表示がしてある。スペイン語だけど、古い音楽のフェスティバルだとわかる。インターナショナルという言葉もあった。名も知らぬ（私が知らないだけかな）小さな田舎町に、世界中から人が集まるのだろうか。

DAROCA

この道からたくさんの小道が枝のように出ている。せまい石の道、石の階段、そして石の家。その一本に入ってみる。まがりくねって上りの階段、下りの階段、迷路みたいになっている。

ダロカからまたつっ走る。めったにすれちがう車もない一本道。電信柱が並ぶほかは何もないところがあって、車を降りてみる。三六五度全部平原。家も木も山も何もない。「わーすごい」と私が言って、へっぴり腰で指をつき出して遠くを指しながら「だーーっ」とひと回りしたら、それが子どもに受けて「またやって」と言われる。何度もやった。そのたびに子どもたちは根こそぎ笑う。

また炎天下を二時間ほど走る。お腹がすいたね、と停まったところはモリナ・デ・アラゴンという町だった。名前は立派だけど、ダロカよりもっと小さな町。

レストランを見つけて入る。

暑いので生ビール。ライスサラダがおつまみについてきた。ツナ、ピーマン、卵、オリーヴ、みーんなお米くらいの大きさになってる。生ビールともどもおいしい。

イエスというスープは豚骨《トンコツ》ダシのきいたコンソメだ。かき玉スープみたいなもの。おいしい。夫が頼んだ野菜スープはテーブルに来てからシェリー酒をドバドバ入れる。ちょっと飲んだらシェリーのむこうに豚骨と野菜の味がほのかに見える。夜に飲みたいような味。

チュレッタ・ア・ラ・プランチャはラムの鉄板焼、ポテトフライ添え。骨つき。とってもおいしい。夫はえびとアスパラガスを注文。塩ゆでにした殻つきえびと白いアスパラガスが一つの皿に盛ってある。

デザートはアロス・コン・レッチェ（ごはんと牛乳の凍ったものにシナモンとカラメルをかける）とナディスカステラス（クリームみたいなドロッとした中にビスケットが入って冷たくしてある）。

この店はどれもおいしかった。シェフのセンスがいいと、何を頼んでも間違いないということだ。こんな辺鄙な、果てしない麦畑のまん中の小さな町の小さなレストランでおいしい食事ができるなんて、とても幸せ。お店の名前はラウレアーノだ。

十四歳の坊やが働いていて、お父さんとかわりばんこに料理を運んでくる。坊やに質問すると、スペイン語で一生懸命説明してくれる。

店の入口の方にゲーム（小さなピンボールみたいなの）があって、率がそれで遊びはじめた。坊やが近づいて率にやり方を教えている。やがて台所の方に帰りかけると、お父さんが坊やをいきなりひっぱたくのを私は見てしまった。一瞬、空気が固まった。こわかった。ゲームで遊んだから叱られたのかしら。でもお父さんはすぐまたこの町の人らしいお客さんのテーブルに行ってお客さんの肩に手を置いて笑顔で話しかけている。

お父さんはこの店のオーナーなのだろう。坊やはいつかお父さんのあとを継いで、この店を経営するのだろうか。そのためにお父さんは坊やをきびしくしつけているのだろうか。坊やは一生この町にいて、外国旅行なんかしないのだろうか。いろんなことを考えてしまった。

そこからまた荒野を何時間も走る。

子どもたちがのどが渇いたと言うのでジュースを飲みに小さなバーに入る。バーの入口に木があって実がなっている。なにしろ炎天下を走り続けているので、一本の木陰がうれしい。関原さんがクルミですよと教えてくれる。まだ青いクルミ。初めて見た。

夕方、クエンカに着く。

ここも古い町だ。町の中に岩山があったり断崖絶壁があったり。ホテルを捜して町を回っていると、絶壁からテラスが張り出した木造の家がある。下から見ても怖い。

町はずれにホテルの看板が出ている。ホテル・クエヴァ・デル・フライレ。ミシュランの案内書を見るとよさそうなホテルだ。町から七キロほどのところにあった。昔、田舎の貴族のお屋敷だったという感じのホテル。二階建てで、中庭を客室がとり囲んでいる。二部屋しか空いていないので、子どものうち一人が関原さんと同室に。唱も率も関原さんの部屋に行きたがる。

食事をしようと、またクエンカの町に出る。絶壁の町だから、高くて長い長い橋がかかっている。渡ってみる。ゾクゾクするほど高くて怖い。むこうから男の人が来る。投げられちゃったらどうしようと思うと、よけい怖くて、まん中から引き返した。

さっき見た絶壁から張り出した家の前を通る。切り立った崖に面した方が窓で、木のてすりが出っぱっている。どうやって建てたのかしら、こんなところに住む人がいるのかしら、観光名所になっているだけかしら、と言いながら入口をよく見ると、ここはレストランになっていた。古い変な家を誰かが買いとってレストランにしたみたい。レストランの名はメゾン・カサス・コルガダス。

二階がバー。そこで一杯飲んで三階のレストランへ。窓際のテーブルにつく。三階だけど窓の下は何十メートルという絶壁で、木造のテラスの床の下は空中だ。建築中に大工さんの事故はなかったかしら。大工さん、怖かっただろうなあ。さすがに今はテラスには出られないようになっていた。

前菜にオリーヴが出る。種をぬいてかわりにアンチョビが詰まっている。スープはソッパ・デ・ラ・マンチャ。コンソメ味に白アスパラ、卵の白身、パセリが入ってる。トマト、サラダ菜のサラダ。酢とオイルと塩胡椒でおのおの味を調節する。メルルーサのソテーはさっぱりしてておいしい。

エストラという名前のワインを飲む。唱が一口飲んで「深みが切れないで続く」と批評する。

ボーイさんが食後酒を持ってくる。きゅうすみたいな焼物の容器に入っていて、ここから一人ずつじかに飲むのだ。ボーイさんがまず見本の飲み方をやってみせる。口をつけずに遠くからお酒を口の中に注ぐのだ。やってみるとゲホゲホ言うほど強烈だった。

はるか遠くの丘に十字架が見える。よく見るとキリストが両手を広げた像のようだ。巨大な像が照明で神々しく輝いていた。

8月3日（木）

ホテルにはプールもある。貸自転車もある。いつもは朝食のあとすぐ出発していたけど、きのうは一日走りっぱなしという感じだったので、たまにはゆっくりしようということになる。自転車を借りて、私と唱は少しだけサイクリング。率も乗りたがったけど小さい自転車がなくて、サドルを調節しても足が届かない。崖が多いから落っこちなくてすんでよかった。プールが開くのは十一時から。それを待って唱と率が泳ぐ。青いきれいなプール。うちの子のほかにもう一人子どもが泳いでいるだけ。山々に囲まれて、いい気持そう。チェックアウトの時間ギリギリまでいて出発。

水着を持ってきていないので、子どもたちは半ズボンで泳いだ。それを乾かすために車の屋根に置いといたのを忘れて走りだしてしまった。クエンカの町まで来て気がつき、またホテル方向に戻る。途中の道に落ちていた。

夫が「ドン・キホーテの風車を見よう」と言って、風車のある町カンポ・デ・クリプターナへ向かう。唱は学校の課題図書で『ドン・キホーテ』を読んでいたので、興味を持ったようだ。

広大な畑の中を一四〇キロくらいつっ走って、風車の町に着く。町に入るところにドン・キホーテの像が建っている。漫画みたいな像だ。きっと新しいものだろう。

お腹がへったのでまずレストラン捜し。昼食時間をとっくに過ぎているため、レストランはたいてい閉まっている。やっと一軒見つけて入る。ピッコロという店だった。

スープはカスティヤーナ。おいしい。パン、卵、野菜、ハムが入っていて、にんにく味。香草も入っているので、これは何ですかときいたらペラヒルと教えてくれた。子どもはマリスコ（魚介類とごはんが入っている）、夫はラ・マンチャふうスープ（これはキャンベルのポタージュみたいだった）。

羊の骨つきソテーはグレープフルーツみたいな大きなレモンを絞って食べる。

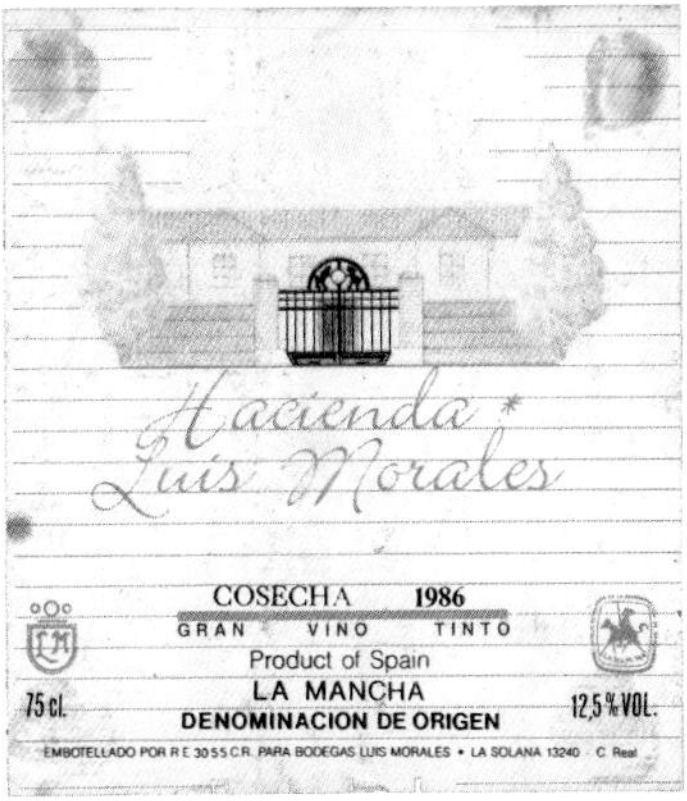

うまい。
ワインもこの地方のものを注文。ラ・マンチャのワインを飲む。おいしいワインでラベルもきれいだった。
お腹がいっぱいになって落ちついて、風車を見物に。草一本生えていないツルツルの小高い丘の上に風車が十くらいある。羽根は回っていない。回っていたら素敵なんだけど、今は風力で粉をひいたりはしていないので、観光用に建っているだけらしい。でも観光客は私たちだけ。なにしろ都会から離れた不便なところなので、団体観光ツアーのコースには入らないのだろう。
そんなことを言っていたら、リュックを背負った日本人の女の子（二十歳くらい）

がやってきた。一人旅で、バスを乗り継いでスペインをめぐっているのだと話してくれた。

ラ・マンチャ地方からアンダルシア地方へ向かう。途中マドリッドを指す標識が見えると、子どもたちがマドリッドへ行って闘牛を見たいと言い出した。マドリッドは三年前に行って闘牛も見ている。今回の予定コースにマドリッドは入っていない。ほかの土地で闘牛を見ようと子どもたちを説得する。

丘の上に両手を広げたキリストの像が見えるので、「きのうのところにまた来ちゃった」と言ったら、男たち四人が笑った。ぜんぜん違うところを走ってたのだ。キリスト教の国だからこういう像は珍しくないのだった。夕方まで走ってハエンに着く。

ちょっと大きな町だった。ミシュランの本でホテル捜し。よさそうなホテルが二軒。先に見つかった方のコンデスタブル・イランソという立派な名前のホテルに決める。設備はちゃんとしているが、まあ普通の都会のホテルだった。

運転し続けの関原さんはホテルで休憩。その間に私たちは町をぶらぶらする。子どもたちがのどが渇いたというのでバーに入ってジュースを飲む。赤ちゃんを抱いた女の人がお客さんに赤ちゃんを見せては手を出している。物乞いの人だ。私たちの方に近づく前に店を出たけど、そういう人が入ってきても店の人は文句を言わないのが面白いと思った。

また関原さんの嗅覚を頼りにレストラン街へ。何軒もあって迷う。結局スペインタイルを貼りつめた店がきれいだったので入る。リオ・チコという店。

私たちがビールを飲み、子どもたちはオレンジジュースを飲むのだが、率はオレンジジュースのスペイン語を覚えて、「フーゴ・デ・ナランハ」と注文する。おにいちゃんの分も「ドス」（二つ）とつけ加える。

ワインはリストを見て一九七〇年のアンダルシアワインを頼んだ。かなりいいものでも安いことがわかったので安心。店のおじさんが壁に並んだワインを老眼鏡で見ながら取り出して、ほこりを手でふいて持ってきた。唱の批評「まあまあ深さはある」。なーにを生意気な。

スペイン語のメニューはわからなくて、適当に注文する。スープは前にも飲んだカスティヤーナとマリスコ。上等。

アンダルシア・サラダはトマト、玉ねぎ、ピーマン、レタス、ツナに普通のドレッシング。夫が注文したのには白いアスパラがお皿にずらりと並んでいて、トマト、胡瓜、ピーマンがサイの目になって入っている、すっぱいドレッシングをかける。これが冷たくておいしい。香料もきいてて。

関原さんが頼んだのは七面鳥のグリルだった。パサパサで「三日前のかな」と言っている。子どもたちはスモークサーモンを注文したのだが、サーモンのグリルが来た。知らない国で食べるのは失敗もあるけど、それはそれで楽しい。

ホテルへの帰り道、私の父とよく似たおじいさんが歩いていた。身体つきや歩き方がそっくり（三年前に死んだ父はハーフだから、外国に来るとたまに父にそっくりの人がいる）。私はなつかしくて、しばらくその人のうしろ姿を見ながら、あとをつけるように歩いた。涙が出て、涙のむこうにおじいさんが見えた。

8月4日（金）

ハエンを出発。今日の目的地はグラナダだ。途中、高いところにお城が見える。行ってみようと、坂を登って登ってたどりついた。車がいっぱい停まっている。午前中なのにもう観光客がいっぱい来てるのかなと思ったら、よく見るとそこはホテルだった。きのう泊まろうと思った二軒のうちの一つがここだったわけ。古いお城をホテルにしているのだ。わーこっちに泊まりたかったなあ、と言ったけど、もっとよく見ると、ホテルはお城っぽく

造ってあるけど新しい感じ。それと並んで本当に古いお城の一部がある。どうやら城跡にホテルをくっつけたらしい。

お城の敷地をずっと入ってゆくと見晴らし台があって、大きな十字架が建っていて、はるか下の方に町が見える。空気がきれいだからはるか彼方まで見える。ハンググライダーでこの景色の中を泳いでみたくなる。しばらく眺めて、また出発。

今度はオリーヴ畑だらけのところを走る。スペイン料理はオリーヴの実とオリーヴオイルをいっぱい使う。それに輸出もある。それでもこんなに見渡すかぎりのオリーヴ畑があって、使いきれるのかしらとちょっと心配になる。

ハエン―グラナダ間は約八〇キロ。午後割合早い時間にグラナダに着いた。有名な観光地だから人がいっぱい。まずホテルを決めなければいけない。ホテルもここにはたくさんあるが、どこも混んでいそうだ。

日本から持ってきたガイドブックにパラドール・サン・フランシスコというホテルがいいと書いてある。アルハンブラ宮殿の敷地内にあるというからすごい。ただし、シーズン中に泊まるには一年前から予約の必要あり、だそうだ。それなのに今日着いていきなり泊まるのはとても無理だろう。でも関原さんはやってみなけりゃわからないと言う。そこでパラドール・サン・フランシスコに入っていく。交渉すると「いっぱいだけど、六時まで待っててくれればキャンセルがあるかもしれない」ということだった。たしかに関原さんの言う通り、可能性はある。でもキャンセルがない場合は困ってしまうのでほかのホテルを捜すことにした。

せっかく来たのだからトイレを使わせてもらおう。南国の植物がいっぱいのロビーを通ってトイレへ。豪華なアラベスク模様のタイルも植物に埋もれて見えないほどで、花も咲いてて極楽みたい。

パラドール・サン・フランシスコを出てちょっと行ったところにアルハンブ

ラ・パラスというホテルがある。今度はここを交渉。ここも高級ホテルだけど、部屋はいくつか空いていて、見てから決めろと言う。案内されると部屋からグラナダの町が見渡せる。高台に建っているホテルで眺めは最高だ。まん中に広間がある豪華なスイート。高そうだけど今夜は贅沢しよう。といっても日本のホテルより安いのだ。

　ここに決めて荷物を運びこむ。そして昼食。ホテルのレストランで。レストランも眺望がいい。やはり一八〇度見渡せる。

　ワインはロゼを頼んだ。ちょっと甘口のが来た。唱の批評は「浅い」。

　ミントのコンソメにサラダ、メルルーサに玉ねぎ入りのホワイトソースをかけてピラフを添えた魚料理を食べる。夫はいつも通り知らない料理に挑戦している。メニューの適当なところを指すのだ。今日はチキンにラタトゥイユふうのソースがかかっているものが来た。あんまりおいしそうじゃなかったけど、夫はこういう頼み方をしておいしいものに当たった時の喜びはひとしおだと言う。

　子どもたちはマカロニ・イタリアンスタイル。私も一口食べてみたらおいしかった。食べなれた味。これがいちばん正解。

私たちの部屋は陽当たりがいいので、洗濯をしてテラスに干す。子どもたちは裸になって日光浴をする。アルハンブラ宮殿にも行きたいけど、今は混んでいるみたいだから、明日朝いちばんで行くことにする。

私は一人でホテルを出て歩いてみた。高台のホテルから急坂を下る。せまい道の両側に石の家が並び、みんな窓を閉めている。どこかのうちでゲームをしているらしく、ブラインドの中からゲームの駒らしい音や笑い声が聴こえてくる。なにしろすごく陽射しが強くて暑いので窓を開けられないのだろう。道は誰も歩いていない。湿気はなくてカラカラで汗は出ないけど、太陽がつきささるような暑さ。まぶしくてサングラスを三つ重ねてかけた。こういう知らない道を一人で歩くのは大好きだけど、あんまり誰も歩いてないので、どこかのうちに引っぱりこまれても助けも呼べないと思うと怖くなったし、ずっと普通の住宅街で特に変わったものもないようなのでホテルに引き返す。夫は昼寝していた。今日のスケジュールはのんびり。

夜、町に出る。昼間行ったのと逆の方向へ。繁華街のある方。お土産もの屋さんがいっぱい並ぶ道を通る。ピカソの絵のついたＴシャツを夫が買った。私は一軒のテーブル屋さんに入る。アラベスク模様を象嵌細工《ぞうがんざいく》にして作って売っている。大中小のテーブルが店中ぎっしり。この模様はいかにもグラナダらしいもので（アルハンブラ宮殿にある模様）私は一つ買って帰りたくなった。海外に発送しますと書いた紙が貼ってある。でっかいテーブルの模様が特に気に入ったので「これをください」と店のおじさんに言う。おじさんは脚をはずして、こうすれば持てる、と言うので、私はあわてて「違います、送ってください」と頼むと、「これは大きいから送れない。手で持っていけ」と言う。大きいから送りたいのよ、小さいのなら持っていく。何とかしてほしいと言っても、おじさんは何か数字が書いてある書類を出してきて、大きさの規定があると言っているらしい。なにしろおじさんはほとんどスペイン語、たまに下手な英語。こっちも下手な英語で、いっこうに話が進まず、ついにあきらめた。このあとこんなでっかいテーブルをかついで旅するのはつらいから。

この道は観光バスがいっぱい入ってきて、排気ガスで臭い。宮殿に近いので人もいっぱい。

どんどん歩いてレストランを捜す。フラメンコの衣裳を売ってる店が何軒かあ

GRANADA

って、その先に数軒レストランがかたまっている。間口のせまい一軒に入ると中は急に広くなって中庭ふうになっていて、その中庭のテーブルにつく。ギターの生演奏がちょうど終わったところだった。その中庭は普通のうちの裏側でもあって、そのうちでは三階の裏窓に洗濯物を干している。洗濯物の下で夜食を食べる。野菜のオムレツを中心に。毎日肉料理ばかり食べているので、今夜はあっさりと。

二、三十分歩いてホテルへ帰る。行く時は人いっぱい排気ガスいっぱいだったのに、すっかり静かになっていた。夫はマンホールのマークを見たり、壁のタイルを見たりして「ザクロの模様が多いな。グラナダのマークかな」と言っている。

夫のコラム

あとで知ったことだが、グラナダとはスペイン語でザクロの意味があるのだった。そして市章としてザクロが使われている。

8月5日（土）

オープンを待ってアルハンブラ宮殿に入る。この地方の王様が何代もかけて造った建物で、王様が自分のためにこの世の天国を作ったみたいな宮殿だ。暑い土地なので、水をちょろちょろ引いて泉水を造って涼しそうにしたり、蒸風呂《むしぶろ》やマッサージ室を造ったり。庭園も美しく、高台にあって下の方に人民の暮らしが見えるようになっている。装飾はアラベスク模様がぎっしり。

スペインはジブラルタル海峡をへだててすぐモロッコがある。回教徒が侵入してきて支配していた時代も長くて、アルハンブラ宮殿を建てたのも十三世紀のグラナダ回教国の王様だった。カトリックの王様がグラナダを支配するようになって、十六世紀に宮殿にもヨーロッパ様式を取り入れたから、アラブふうとヨーロッパふうが同居している。

王様は一人寝そべって、噴水のまわりを美女たちが踊って、二階で音楽を演奏しているが、王様以外は美女を見てはいけないと、ミュージシャンは目をつぶされたという話もあるそうだ。建物は本当に華麗で、庭には花が咲きみだれていて、きれいなきれいな宮殿だけど（今はアラベスク模様などの極彩色はあせているけれど、華麗な様子は充分に想像できた）、王様だけ勝手なことをして、幸せを一人占めしようとした野蛮な時代だったんだなと思う。でも、いつ敵が攻めてくるかわからないし、暗殺されるかもしれないし、そんなことを考えると今この時を盛り上げて、せいいっぱい贅沢しようと思ったのだろう。

グラナダを出発。東へ向かう。

グラナダの町を出たあたりに大きな陶器屋さんがあった。車を停めて立ち寄る。ザクロを描いたお皿がたくさんある。グラナダ土産に一枚買って帰ることにする。それから陶製のランプシェードがあった。素敵だし安いから買う。持って歩くのは大変だけど。

砂漠みたいな大平原を走る。緑は少ししか見えない。暑い暑い。

大平原のまん中にレストランを見つけて昼食。私たちが入っていったら、バーのお客たちがいっせいにこっちを見る。日本人なんて見たことないのかな。

　スペインのレストランは、だいたい入口の近くにバーがあって、そこを通って奥に行くと食事用の部屋がある。バーにはいっぱい人がいたけど、奥の部屋は私たちだけ。ここは町のレストランというよりも休憩所みたいなところ。店の外には大型トラックが何台も停まっていたから、長距離トラックの運転手たちがバーで休んでいたのかもしれない。

　生ハムとメロン、プレーンオムレツを食べる。オムレツにはポテトフライがどかっと添えてある。子どもたちは「メロンがトウモロコシの味がする」と言う。この間は

「スイカの味がする」と言った。育つ土の関係でメロンもいろんな味になるのだろうか。

食事のあと、子どもたちは椅子を店の外に持ち出して日向《ひなた》ぼっこ。この暑さに日向ぼっこなんて、私にはとんでもないことだけど、子どもたちは日灼けしたいのだ。黒くならないと夏休みが終わって学校でみんなに会う時かっこ悪いのだという。

また荒原を走る。途中から北東に向かう。どんどん走る。

車の中では子ども二人がキャッキャとはしゃいでいる。つまらない歌を大声で歌ってうるさくてしようがない。中学生もすっかりガキに戻っている。感心したこともあった。唱が率に「おまえはこの音で歌え」と教え、自分は別のメロディを歌って即席でハーモニーを作っていたのだ。私たちの世代ではできなかったことだ。

夕方近く、突然海に出た。海が見えるとは予想していなかった。嬉しい驚きだ。しばらく岩山ばかり見ていたので、とたんに解放された気分になる。

地中海。

アリカンテという町だった。聞いたことなかったけど、海辺の割合大きな町。今日はここで泊まることにする。

目についたホテルが二つ。海に面したホテルと、海からは大通り一つへだてているがやたらに背の高いホテルだ。最初のは海に面した方の部屋がとれなかったら意味ないね、ということになり、背の高い方に入る。部屋はあった。上の方の部屋がいいと言うと、ＯＫとのこと。本当にＯＫだった。二十八階建のホテルの二十八階がとれたのである。

部屋からはズドーンと海が見えて、眺めは最高。でもちょっと怖い。だってこのホテルには海を向いた部屋しかない。つまり奥ゆきがなく間口もせまくて、薄くて細長いビルなので、ポッキリ折れちゃいそうな気がするのだ。それに窓も開けられるし、角部屋だからカギ型にテラスがついている。ガラス戸を開けるとカーテンがいっせいにバタバタと宙に舞う。テラスに出ると風がうなって、倒れそうになる。テラスの下はストーンと何もない。ホテルの名前はグラン・ソル。でっかい太陽ということだろう。

町の通りにはずらーっと電飾が吊られている。まだ電気はついていないが、お祭りかパレードの準備のようだ。ホテルのボーイさんにきいたら「フィエスタ」と答えた。

町を歩いてみる。まず海岸通りでジュース（夫はビール）を飲む。大通りから奥にひっこんだ小さな道をぶらぶらしていたら人だかりがしていた。そこは教会で、神父さんや白い服を着た子どもが大勢いた。しばらく見ていると教会の大きなドアが開いて、十字架や旗を持った人たちが出てきた。神父さんの先導で、彼らは列を作って歩いてゆく。そのあと手に手にローソクを持った町の人たちが一列に並んでついてゆく。そのあとはブラスバンド。みんな制服を着ているけどおじいさんから少年までいて、きっと町の有志で結成されているバンドだろう。

そのあと、教会の中から何人もの人たちにかつがれて、しずしずと現れたのは、大きなマリア様の像だった。町の人々のためいきのようなどよめきの声。

日本のおみこしのように、一年に一ぺん、このマリア様は市民の前に姿を現すのだろうか。それがこの町のフィエスタなのだろうか。まあなんて運のいいことに、ちょうどこの日に、なんにも知らないで私たちはこの町にやってきたのだ。

マリア様を中心に、町の人たちは行進していく。でもまだ明るい。通りの電飾

はまだついていない。暗くなってから何かがありそうだ。

海岸通りのテラスで夕食。カルパッチョ(生肉)、オニオンスープ、オーソブッコ(牛の脊髄のトマト味煮込み)、ピザ。山もりで、見ただけでお腹いっぱいになる。

海岸通りから直角に入った大通りには、椅子がずらーっと並べられている。ここをパレードが通るに違いない。もう椅子に陣どっている町の人も多い。私たちもホテル近くの椅子に座る。

通りのまん中を車を押して物売りが来る。綿菓子やアイスキャンデーの車。おもちゃ売りの車。率がおもちゃの剣がほしいと買いに行く。売っているのも子どもだった。

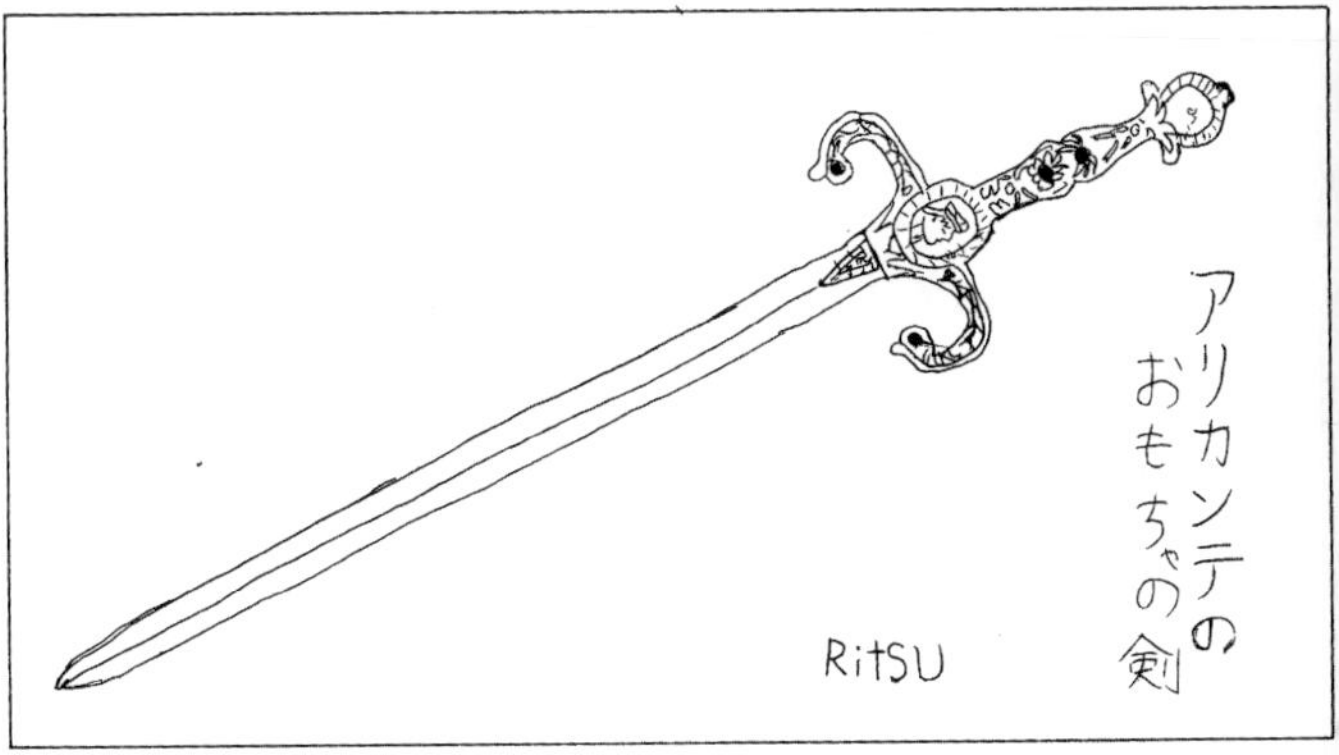

やがて音楽が近づいてきた。

パレードがやってくる。

まずバンド。十人から十五人くらいで編成されたブラスバンドが通る。

そのうしろを七人から十人くらいのグループが来る。そのグループはまず一人が先頭に立ち、残りの人たちがそのあとを一列横隊でバンドの音楽に合わせてゆっくりと足並をそろえて歩いてくる。

次にバンド、次にグループというふうに繰り返される。グループはおじさんばかり、おばさんばかり、少女ばかりというふうに編成されていて、それぞれ扮装をしている。みんなアラブふうの扮装だ。スペインをアラブ人が支配していた時代のなごりなのかしら。お

ONCE
Bristol

姫さまのグループ、踊り子のようなグループ、王様のようなグループ、半月剣をふりかざした兵隊のグループ、それぞれおそろいの美しい衣裳をなびかせながら、ゆっくりゆっくり行進してゆく。馬に乗ってくる一団もいる。

どのグループも先頭の一人が通りの人々に会釈をしたり、愛嬌をふりまいたりしている。あるグループを拍手で迎える見物の一団もいる。知り合いを応援しているに違いない。

バンドはどのグループも同じ単調なメロディを繰り返し演奏している。シロウトらしいけど、それにしても楽器ができる人がこんなにたくさんいるのにびっくりしてしまう。

行進しているのも普通の人で、きっと一年に一度のこのパレードを楽しみに、グループ単位で衣裳に工夫を凝らすのだろう。衣裳は手を抜いていない。金銀の刺繍《ししゅう》や、ベルベットのマント、王冠や靴まで超豪華だ。

スペインの人たちだから、みんな顔のホリは深いし、役になりきっていて、映画から抜け出てきたみたい。迫力満点だ。数千人のパレードは四時間以上続く。真夜中を過ぎてもまだ続いている。疲れたので私たちはホテルに帰る。窓からのぞくと、はるか下にパレードが行くのが見え、音楽が聴こえ、やがて静かになった。

8月6日（日）

アリカンテを出発。今日はヴァレンシアへ行く予定。

海岸線に沿って北上する。

途中の町角に闘牛のポスターが貼ってあるのを見るたびに、子どもたちが「トロ！　トロ！」とさわぐ。「今日は日曜日だから、ヴァレンシアで闘牛が見られるんじゃないか」と夫が言う。

のどが渇いて途中の店（バーみたいな休憩所みたいなお土産もの屋みたいなところ）に入る。コーラか何か飲もうと思って、突然オレンジ！とひらめいた。というのは、私はコマーシャル・ソングで「ハワイ・パパイヤ、フィジー・ポポ、お中元にプリーズ、カリフォルニア・グレープフルーツ、ヴァレンシア・オレンジ、ニュージーランド・キウイ」と歌っていて、ヴァレンシアとオレンジはつきものだと知っていたのだ。そこでオレンジジュースを頼む。カウンターにオレンジジュースの器械があって、オレンジを丸ごと半透明の筒の中に入れると、皮と実が分かれるのが見えて、それからジュースになって出てくる。一人分にオレンジを五個も使って、大きいグラスに一杯の新鮮な絞りたてジュース。すごくおいしかった。

もう一つヴァレンシアで思い出すことがある。私が小さい時、母は台所仕事をしながらよく鼻歌を歌っていた。その歌はたいてい「ヴァレンシア」だった。「ヴァレンシアかなたからかぜにふかれてくうる」というのだ。「彼方から風に」というところ、メロディが「かなたか・らかぜに」と切れるので、小さい時の私は「らかぜ」って何だろうと思っていた。

アリカンテからヴァレンシアまでは一八〇キロほどある。途中通った小さな村で、少女たちがおそろいのまっ白な衣裳を着てたむろしているのが見えた。そこもお祭なのだろう。

走りに走ってヴァレンシアに着く。

ヴァレンシアの町に入るとすぐ闘牛場があって、ポスターが貼ってある。夜はこれを見よう。まずホテル捜し。アストリア・パラスという、なかなかきれいなホテルに決める。

午後だいぶ遅くなったがお昼をまだ食べてなかった。車で町に出る。今までの田舎町と違ってヴァレンシアは結構大都会だから、足でぶらぶら歩くよりは車の方がいいだろうということだった。

レストランを捜す。今日は日曜日なのでどこもお休みだ。関原さんが昔食べたことがある店を記憶を頼りに走り回ってやっと見つけたけど、やはり閉まっている。では海岸に出よう。海岸なら日曜日でも海水浴客のためのレストランがあるだろう。

町を出て三十分ほど走るとヴァレンシアの海岸。たしかに海水浴客がいっぱい。数軒の小さな海辺のホテルがあって、海に面して食堂を開いていた。

そのうちの一軒に入る。食べたり飲んだりしている人たちの半分は水着。砂浜に張り出したテラスのテーブルに、すごくきれいなビキニの人が一人でビールを飲んでいる。私は美人が一人というのが気になってずっと見ていたら、しばらくしていっきに三人もの男がそのテーブルに来た。言い寄ってきたようにも見えたけど、親しそうにしゃべっている。どうやら待ち合わせしていたらしいのでひと安心。男三人分とちょうど釣り合うような美人だった。

　紋甲いかの塩焼きは香料がかかっていておいしい。それから、ヴァレンシアに来たのだから、名物パエリヤを食べる。えびのパエリヤとヴァレンシアふうパエリヤというのをとる。ヴァレンシアふうというのは大量のいんげんと鶏のブッ切りが入っていてコクがあった。お米なので子どもたちも喜ぶ。

　それに魚介類のスープ。ムール貝とえびとブッ切りのたこが入っている。夫は例によってトマトのなんとかスープという知らないものを注文。ところが来たのはトマトジュースだった。メニューではスープのグループに入っていたのにとぶつぶつ言っている。

　海水浴場なのに、こっちの人はみんなゆっくり食べている。日本だとあわてて食事をして、また海に戻らなきゃ損、という感じだけど。老夫婦が二人だけで食べているというのも日本にはあまりない風景だ。

家族づれの一組の中のおじいさんが、私の父によく似ている。入れ歯をとってパエリヤを食べている、その食べ方がそっくりなので、また涙。

家族の芸人が入ってくる。お母さんがギターを弾いて、お父さんと中学生くらいの女の子と小学生くらいの男の子が歌を歌う。上手じゃないけど、明るく笑いながらやっていて、感じがよかった。でもお金はあまり集まらないようだった。

食事を終えて海岸に出る。子どもたちは関原さんを砂に埋めて大はしゃぎ。私たちはパラソルの下でのんびりする。

そろそろ夕方。道端の駐車場に停めておいた車は炎天下でアツアツになっていた。

ホテルに帰る。闘牛のチケットがフロントで手に入るかときいてみたら、闘牛は二日先だと言う。大都市ヴァレンシアだし、日曜日だし、ポスターも見ているので、今日ここで見られると勝手に思いこんでいたのだ。さあ大変。子どもたちは泣きそうな顔になっている。

夫が「ヴァレンシアまで来る道で、闘牛のポスターを車の窓から見た。あれにはたしか六日と書いてあった」と言う。「どのへん？」と関原さん。「たしかお祭の村あたり」と夫。そこで地図を広げる。「ガタという標識を憶えてる」。

ところがガタというところはヴァレンシアからアリカンテまでの半分の距離を戻らなければならない。今日はあきらめて闘牛は次にしようか。でも今後着いた土地で、うまく闘牛の日にぶつかるとは限らない。これから戻っても間に合うかどうかわからない。しかもガタというのも夫のうろ憶えで、そこでやっているかどうかも実ははっきりしないのだ。「ここで悩んでてもしようがない、行くだけ行ってみよう。だめでも子どもたちは文句言わないこと」と夫が釘をさして出発。

高速道路を使って走る。これまでは高速は味けないので使わなかった。今度はすごいスピードで高速道路をぶっとばし、アリカンテ方面へ。一時間半ほどでガタに来た。

たしかにガタの町角に闘牛のポスターが貼ってあった。六日と書いてある。でも会場はガタではない。オンダラという町。地図を見ると通り過ぎてきた町だ。でもほとんど隣町という感じ。また方向転換してオンダラへ。

オンダラは小さな町。村と言った方がいいかもしれない。小ぶりの闘牛場があって、入口の切符売場に人だかり。開始時間ぎりぎりで間に合ったのだ。

唱の作文

まずファンファーレが鳴って闘牛士たちが入場してきた。最初にまっ正面の人にあいさつして、観客に手をふったりする。

それがすむと一頭の牛がとび出してきた。マタドールと何人かの闘牛士がピンクのカパを持って、牛をかわしながらだんだんこうふんさせていく。それからマタドールの演技が始まる。マタドールというのは主人公の殺し屋で、はじめ何人かの闘牛士で牛を相手にしていたのが、マタドール一人でやりはじめる。ここはまだデモンストレーションみたいなものだ。

そのあとバンデリリェーロが出てくる。バンデリリェーロというのは手に二本のもりを持って、牛の背中に打ちこむ人だ。

マドリッドで見たときは、バンデリリェーロの前にピカドールが来た。ピカドールは馬に乗って長いやりを持って、牛をつっついて出血させて牛を怒らせる役目だ。でもここの闘牛場はいなか町の小さな闘牛場だから、やり方も少しちがう。ちょっと単純化していると思う。

マドリッドのバンデリリェーロはかっこよかった。三人いて、二本ずつもりを打ちこむから、六本牛の背

8月6日に見たのに切符は一週間前の日付になっていた。

中に刺さる。オンダラでも三人いるけど、あんまりうまくなくて、二人で一本くらいしか刺さらない。三人目でパッパラパーと音楽が鳴って次の演技になってしまう。

マタドールが出てくる。帽子をかっこつけて投げてから、まっ赤なムレタで牛をかわす演技をする。演技がうまいと客席の人がオーレ、オーレ、とどよめく。しばらくやったあと、牛が疲れてあまり突進しなくなった時、マタドールは剣を右手に持って水平にかまえ、牛の背中のでっぱったところをめがけて刺す。心臓までとどいた場合、牛はひざを折って倒れる。でも、へたな人もいて、何回やってもうまくつき刺さらないこともある。最初のマタドールがそうだった。何回やっても剣が深く入らず、牛があばれるとすぐ抜けてしまう。

そのうち牛がいきなり走りだして、観客席のへいをとびこえた。みんなキャーッとさわいだ。ぼくたちの席の方向にきたのでこわかった。へいと客席のあいだには通路があって、牛はその通路をぐるーっとまわった。半分くらいまわって、へいのあいた所（闘牛士が出はいりする所）からまたグラウンドに出ていった。

闘牛士たちがみんなでピンクのカパを持ってマタドールの方に牛を行かせようとするが、牛はグラウンドをぐるぐる走り回っている。

そのうちマタドールは特別な剣を持ってきて、牛の角と角の間の急所を刺そうとした。これは剣でかっこよく殺せなかった時の最後の手段で、あまりかっこのいいものではない。それでもそのやり方で殺そうとしたら、観客がみんなでさわいだ。やめろやめろと言っているようだった。

そうしたら、奥の方から角の長い大きな白黒のまだらの牛が首に鐘をつけてカランコロンと音をさせながら出てきた。ぼくはマドリッドでもこの牛が出るのを見た。あんまり傷つけられてかわいそうな牛や、あまりにもあばれすぎる牛の時、鐘をつけた牛がむかえにくる。マドリッドでは五、六頭出て

きて、闘牛の牛をとりかこむようにして、一緒に退場した。退場のしかたがかわいくて、みんな拍手する。

オンダラは小さな闘牛場だから、むかえの牛は一頭だった。この場合は闘牛士から逃げきって、命が助かったのだ。

二番目の牛が出てくる。またバンデリリェーロがもりを刺して、二人目のマタドールの演技がある。最初のマタドールは青い服で、二人目は赤い服だった。赤い服のマタドールは、背中を刺すのの三回目で、牛が倒れた。

マタドールがうまいと、殺した牛の耳をもらうことになっている。本で読んだけど、審査員が「うまいな」と言った時が片耳、「おおこれはすごくうまい」が両耳、「これは最高」というのがしっぽをもらう。しっぽはときたまあるけど、その上の「これは完ぺき」というのはめったになくて、その場合はひずめをもらう。

赤い服のマタドールは片耳をもらって、観客席に投げた。観客席からはワインの入った革ぶくろがとんできて、マタドールは受けとって一口飲んで客席に投げかえした。

次は馬に乗ったグレーの服の人が出てきた。手に長いもりを持って、馬で牛のまわりをまわる。牛は馬に向かっていく。グレーの服の人は馬をじょうずにあやつって、向かってくる牛をさけながら、うしろ向きに、もりを牛の背中に刺す。

マドリッドで見たピカドールとはちがう。オンダラではピカドールは出なかったが、馬に乗ったこの人が出た。レジェネオというらしい。この人はすごくうまくて、お客さんも乗って、たくさん拍手をしていた。

この人は馬の上から牛にとどめを刺した。それで両耳をもらった。

四番目は最初に出た青い服のマタドールだ。今度は一発で成功した。最初の時はしくじってなんだかしょげた感じだったけど、一発でしとめた時は、やった！　というふうに手をふりあげた。闘牛士にしてはちょっとこどもっぽい動作だったと思う。

　この時は片耳をもらった。

五番目は二番目に出た赤い服のマタドールだった。この人は二番目の時ほどはうまくやれなくて、何回も何回も剣を刺してやっと殺した。耳はもらえなかった。

　これでおわりだ。マドリッドでは六頭の牛が出るが、オンダラは五頭だった。いなかの闘牛で、闘牛士もあんまりうまくない。でも全体に小さいから、すぐそばで見られたから、迫力があって面白かった。牛がへいをとびこえるのなんか、こういういなかの闘牛場でないと見られないだろうと思った。ぼくは気がつかなかったけど、女の人がハイヒールを投げて、マタドールがひろったら、くつの中からパンツが出てきたと母が言っていた。

　おわるとお客さんがいっぱいグラウンドに入っていって、闘牛士をかつぎあげたりしていた。

闘牛を見た、
すごかった
5ー1
和田 唱

闘牛は残酷な競技だから、マドリッドで初めて観た時は強烈すぎて、最初のうちは目をそむけた。でも慣れてくるとなかなか刺激的で、思わず興奮してしまう。でも牛は可哀そう。

唱はマドリッドの時は小学生だったが、すっかり好きになって、本を読んで専門的な用語なども覚えて、私に教えてくれる。私はぜんぜん覚えないけれど。

帰りも高速道路をすっとばしてホテルに戻る。さあこれから夕食。さすがに今から町に出るのは面倒くさいし、日曜日なので開いている店を捜すのも大変そうなので、ホテルのレストランで食べる。

今日はすごいドライヴおつかれさま、闘牛に間に合わせてくれてありがとう関原さん、という意味をこめて、この店最高級のワインを注文（この店も最高級で二千五百円くらい。日本が高すぎるのね）。インペリアルというワインで口当たりがよく、舌にフィットしていくらでも飲める感じ。唱「これ、いいね」。

昼食がおいしかったのでまたまたヴァレンシアふうパエリヤを食べる。蝶ネクタイのウェイターがうやうやしく大皿を持ってきたけど、どうもパエリヤは砂浜で潮風に当たりながら食べる方が似合う。やっぱり気分も調味料だなとつくづく思った。

8月7日（月）

朝食の時、オレンジジュースを何杯もおかわりした。新鮮で、甘味はほのかで、多少すっぱくて、とにかくおいしい。

唱は夏休みの宿題がある。教科書やノートを自分のリュックに詰めて持ってきているのだけど、ほとんどやらない。溜めるとあとがつらいから早くやれとせかして朝食後にやらせる。旅の最中に可哀そうだけどしようがない。

率は小学生だから宿題も少ない。毎日一行日記を書けばいいだけ。8月2日は「スペインのいなか町で、だんがいぜっぺきの所で食事をした」、8月5日は「アルハンブラ宮でんを見学した」とこんなふうだが、この子は早手回しの性格で、8月18日の欄にはもう「長いたびはおわった」と書いてある。

ヴァレンシアを出発。今日の目的地はバルセロナ。

海岸線を走る。二〇〇キロほどひたすら走って昼食のために停まったところはアンポラという小さな海辺の町。

音のない静かな町だった。海に向かってテラスになっているレストランが二軒並んでいる。ほかには小さなお土産もの屋さんが一軒ぽつんとあるくらい。

レストランに入る。お隣のレストランと椅子の色が違うくらいで、ほとんど同じように見える。

白ワインを飲み、えびのスープを注文。子どもたちはヌードル入りスープで、ラーメンみたいだと大喜び。おかわりもした。

AMPOLLA

白いアスパラにマヨネーズをかけて食べる前菜。いかの丸焼き。ムール貝、えび、あさり、たこ、グリンピースの入った海のパエリヤ。

夫はロブスターの塩焼き。率はいかのリング。私が一つつまんだら、サフラン色でカリカリに揚げてあっておいしい。率は「とるな、誰にもあげない」と言って食べる。オリーヴオイルで揚げているからおいしいのだと思う。

海辺を散歩する。小さな漁船がいっぱい停泊していた。お土産もの屋さんで絵はがきを買ったりしてのんびりしたが、バルセロナまでまた二〇〇キロくらい走らなくてはいけない。大都市だから、あまり遅く着いたのではホテルがとれないかもしれない。それで高速道路に乗ってバルセロナに向かう。

びゅんびゅん飛ばしていると、標識に橋の絵が描いてあるのが見えた。夫と関原さんが同時に「あれは何だろう」と言う。停まってみる。どうやら名所があるらしい。

矢印は道路の反対側を指している。そちらへ行くために地下道を通るのだが、汚なくてオシッコくさくて、息を止めて走って通り抜けた。

小高い丘を登ると、橋がどーんと見えた。石で造られた橋。こっちの丘からむ

こうの丘に、深い谷をまたいでかかっている。かなり昔のものらしい。水道のために造られたものかしら。人が渡れるけれど幅はせまくてすれちがうのがやっとくらい。それですごく長い。途中まで行ったけど、目もくらむ高さで、先まであんまり遠い。子どもたちは裸になって橋の上で日焼けに専念。

夕方、バルセロナに到着。

ホテル・アヴェニダ・パラスに部屋をとる。バルセロナは二泊の予定。荷物を部屋に入れてから町をぶらぶらする。メインストリートのまん中が遊歩道になっているところがあって、小鳥やハムスターなど小動物を売っているお店がたくさん出ていた。

車で港の方に出かける。港にいい魚介類レストランがあるだろうという、勘を頼りに行ったのだった。

屋根に大きなえびの彫刻のある店に入る。室内とテラスと両方に食卓がある。テラスの方のテーブルにつく。椅子の背に魚やたこの漫画っぽいデザインがしてある。ナフキンはガイコツみたいなたこの絵になっていて楽しい。でっかいえびの彫刻も漫画っぽくて、この人が店を全部デザインしているらしい。

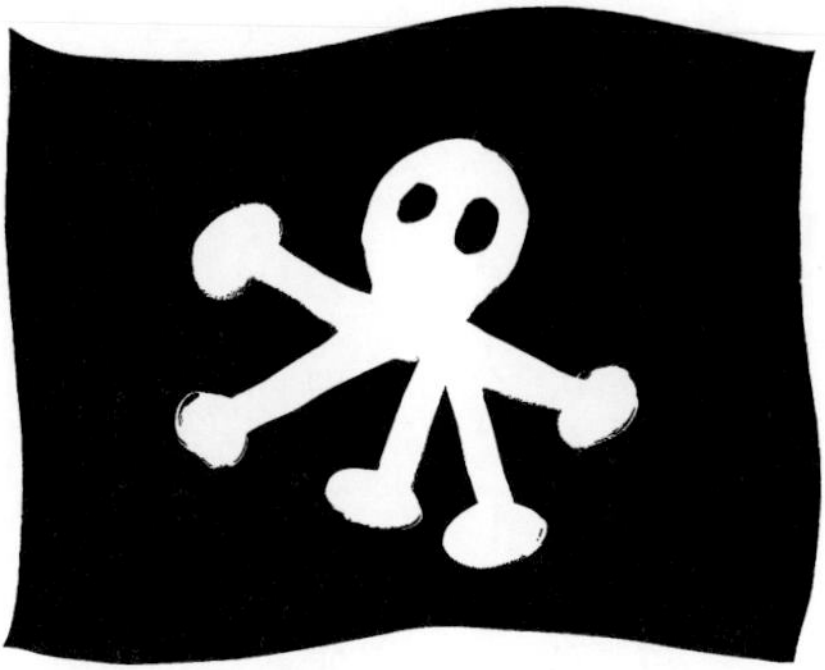

ビールを飲み、白ワインを頼んで、いかのスミ煮や魚介類料理もいろいろ頼んだけどなかなか出てこない。店は新しくできた感じだけど、混んでいて、今人気のあるレストランらしい。店の両側は大通りで、車の騒音がひっきりなしで落ちつかない。若者好みなのだろうか。

率が「ねむいよー、何も食べたくないよー」と言う。頑張って食べなさい、とは言ったけど、連日の強行軍で小学生としてはバテているのかもしれない。

夫のコラム

この店「ガンブリナス」のデザインは、ハヴィエル・マリスカルという人。スペインの若手で、ここでは今もっとも人気のあるイラストレーターらしい。バルセロナ・オリンピックのペットマークの犬を描いたことで有名である。

ホテルに帰ってのんちゃんに電話する。のんちゃんは私の友だちで、テレビ漫画の声優みたいなひょうきんな声の持ち主。バルセロナに住む日本人と結婚した。もうこっちに来て一年半。

彼女は私の料理教室の生徒だった。私が「銀巴里」で歌っている時にやってきて、いつもの声で「結婚しようと思うんだけどどうかしら」と相談をもちかけてきた。「好きな人ならしちゃいなさい」と私は答えた。「でも結婚するとスペインに住まなきゃならないの」と彼女。「スペインなんて素敵じゃないの」と私。「遊びに来てくれる？」「行く行く、必ず」。そしてその約束を今回の旅行で果たすことになったわけ。

明日の午前中、サグラダ・ファミリアの前で会いましょう、ということになる。

8月8日（火）

ガウディの設計した教会、サグラダ・ファミリアに行く。にょっきりとそびえた建物に近づくと、なるほどこれは噂《うわさ》通りのすごいデザインの建築だなあと思う。もっと近づくと門のところにのんちゃんが待っていて、もうガウディそっちのけで嬉しい再会。夫も子どもたちも関原さんもみんな初対面。のんちゃんの旦那さまの田中さんとは私も初対面。ガウディの前でみんなで日本式の挨拶をした。田中さんはソニーのバルセロナ支社に勤める技術畑の人。

ガウディは本当にすごい。この教会が建てはじめられてから百年以上たつそうだが、ガウディの設計は生きている間にはとても出来上がらないもので、その後も少しずつ建築が進められている。今後まだ百年もかかるのだということで、そのスケールの大きさにびっくりしてしまう。

らせん階段で上に登れるようになっているけれど、この階段はせまくて暗くて、ところどころ小さな覗き窓があるだけで、途中で息苦しくなった。私は閉所恐怖症なのかと思った。

次にガウディの造った公園に行く。グエル公園といって、実際に公園として使われている。鍾乳洞《しょうにゅうどう》のような奇妙なデザインの小径を通って、モザイクで造られた広場に出る。この広場がとてもいいのだと夫が言っていたが、今は補修工事中で立入禁止。オリンピックに向けてあちこち工事している、とのんちゃんの説明。

のんちゃんがお握りを作ってきてくれた。それを鍾乳洞ふう小径で食べる。ひさしぶりの日本食に子どもたちは大喜び。ポットに入れてきてくれた麦茶も嬉しい。

夫はせっかくスペインに来たのだからスペインのものを食べたいと、お握りには手を出さない。それで子どもたちがお握りを消化して、少しはお腹がへってきた頃を見はからってスペイン・レストランへ。

そこはのんちゃん夫妻が推せんするお店で、バスク地方の料理を食べさせてく

A
103998
TEMPLE DE LA SAGRADA FAMILIA
DONATIU
300Ptes.
A
103999
TEMPLE DE LA SAGRADA FAMILIA
DONATIU
300Ptes.

れるアイトールというレストランだった。

　二人はもう顔なじみになっていて、裏口から入る。厨房を通って席へ。コックさんたちがにこにこと通してくれた。

　バスク地方の赤ワインを飲む。鮭《さけ》のケーキふう。フレークになってマヨネーズが載ってる。おいしい。

　いかのスミ煮。率は喜んでいかを四つ食べた。唱と夫は二つずつ、私は一つ。残りのスミをごはんにかけて食べる。おいしい。みんなお歯ぐろになる。

魚のスープ。あんこうとメルルーサとあさりが入っている。今までの店にくらべて塩加減がきつくなくて私好み。

すずきのソテー。炒めたにんにくスライスつき。おいしい。

メルルーサ・ア・ラ・バスカ。メルルーサにパセリ入りのホワイトソースがかかっていて、アスパラ、卵、あさりも細かく入ってる。さっぱり味でおいしい。

いつもは見当をつけて適当にメニューから選んで頼むけど、今日はのんちゃんのおかげではずれがなかった。いっぱい食べたみたいだけど、いろいろ頼んでみんなで分けたのだ。気どった店には入らないので、いつもそうやってお皿を回している。

昼食後は動物園へ。のんちゃんが「白いゴリラがいるよ」と言ったので、子どもたちが「見たい」と主張したのだ。広いゆったりした動物園だけど、さすがに白ゴリラのところは混んでいた。世界で一匹だけしかいないそうだ。突然変異で生まれたもので、家系が写真で展示されている。その後いろいろかけあわせているけど白ゴリラは生まれないという。

陽射しが強くて、私は二重にサングラスをして、サングラスの下にハンカチを

はさんで顔を隠して歩いた。変なかっこなので人がふり返ったりする。子どもたちは「みっともないからやめろよ」と言うけど、日に焼けるとシミになって残るので、かっこつけてはいられない。

　ホテルに帰って、夕食まで勝手に行動する。夫と関原さんはそれぞれ町をぶらぶら。私はのんちゃんの車で町を見物、ガウディが設計したアパートを見たりする。そして買物。子どもたちはホテルの部屋で日本から持ってきたゲームで遊ぶ。部屋で遊ぶなんてもったいない。せっかく来たのだからその国その町をよく見なくちゃと思うけれど、子どもたちにはそういう欲がない。

私は革製品が安いので靴やバッグを買おうとしたけど、デザインの素敵なのがない。譜面入れにちょうどいい大きさの型押しのバッグだけを買った。ウィンドーに大きい素敵な絵皿が飾ってある店があった。欲しかったけどもう閉店してる。明朝行ってみよう。

夕食はオリーヴという店で。ここものんちゃんの推せん。明るい近代的な店で、一見カフェバー。こういうムードのレストランは、今回の旅行では初めてだった。カタルーニャ地方の料理を出す。

まずのんちゃんのおすすめで、フーゴ・デ・リモンを頼んだら、レモンをただ絞っただけのジュース。身体によさそうだけど、強烈にすっぱくて、うめぼし顔になっちゃった。

ワインはこの店のオリーヴのマークのついた、ハウスワインの白。さっぱりしてる。

パン・コン・トマテ。パンをカリカリに焼いて皮なしトマトをべったりぬって、オリーヴオイルをかけただけ。パンの下側はカリカリ、上側がしっとりトマト味。

実においしいけど、塩ふったりにんにくをすったのを載せたりしたいとも思った。

ステーキ・タルタル。ねぎのフライ。これがおいしい。ピリカラソースがついてたけど、そのままでいける。レモン絞ってもいい。干鱈《ひだら》のコロッケ。干し鱈をもどして、ベーキングパウダーと卵とパセリをふかふかにホイップして、スプーンで油に落として揚げる。

鱒の燻製《くんせい》。トーストしたパンに燻製を載せてオリーヴオイルをかけたもの。これもとてもおいしい。

オリーヴサラダ。干し鱈をもどした

ものにツナ、豆、トマトがドレッシングであえてある。

野菜サラダ。椰子の芽、トマト、サラダ菜、オリーヴの青と黒、エシャロットのたて割り、にんじんの千切りをフレンチドレッシングで。

デザートもいろいろとった。レッチェ・フリータというのは、牛乳、小麦粉、コーンスターチ、卵をまぜてフライにしたもの。

スフレ・コンヘラードはアイスクリーム入りのスフレ。アニス酒をかけて火をつける。なまあたたかくて冷たいものだった。

チョコレート・アイスクリームは甘さよりチョコ味が勝っていて、ブロックが入っていて、固くて、しめくくりには最高だった。

何だか今日は食べてばかりいたみたい。

のんちゃんは心細いこともあるだろうけど、楽しそうにやっている。ついこの間も、旦那さまとスペインの田舎を旅してきたそうだ。旦那さまも日本企業にいるけど、現地のペースに合わせてのんびりやっている。そうでないと現地の社員と仲よくできないそうである。

のんちゃんは昼間スペイン語学校に通っている。もちろんまだぺらぺらとはい

バルセロナの
町角にいた
考える牛

かないけど、レストランの人と話してるのを見ると、注文しているだけじゃなくて談笑しているように見える。漫画の声でスペイン語をしゃべると日本語よりおかしくて可愛い。性格がいいから、きっとスペインの人たちにも好かれていると思う。

借りているうちの大家さんが優しいおばあさんで、スペインのことをいろいろ教えてくれるそうだ。大晦日には鐘の音とともに葡萄《ぶどう》を十二個食べる習慣があるとか、クリスマスシーズンは一月六日までで、クリスマスプレゼントは一月六日にもらうとか。

8月9日（水）

ゆうべは真夜中に豪雨と雷。落雷もあったらしく、ゴロゴロ、ピシッとすごい音がした。

午前中、のんちゃん夫妻がホテルに来る。のんちゃんは雷が怖くて泣いちゃった、と言う。私はのんちゃんへのお土産、本、梅干、おせんべい、それからサーカスで唱が当てたワインを渡し、ついでにうちの荷物（使わない衣類やグラナダで買った陶器のランプなど）をあずけて郵送してもらうことにした。のんちゃんはビニール袋に入れた洗剤をくれた。

きのう心残りだった絵皿を買いにその店まで行く。大きなお皿なので送ってほしいと言ったら、送ることはできないと言う。仕方ないから抱えて旅することにする。

バルセロナで人とすれちがうとぷーんとシャボンの匂いがすることがある。とっても清潔な匂いの香水だ。この匂いを捜してちょうだいとのんちゃんにお願いする。

いよいよバルセロナを出発。のんちゃんは泣きそうな顔で手を振ってくれる。私たちも手を振る。のんちゃんは私たちの車を追って、走りながら手を振った。のんちゃんさよなら。スペインとも今日でお別れ。

バルセロナから約一四〇キロで国境。フランスに入る。そこからさらに四〇キロくらい走ったところで昼食。カネという海の町だ。

昼食時間を大幅に過ぎているのでレストランは閉まっている。でも海水浴客のためのお店はあって、軽食ならだいじょうぶ。ヨーロッパの人は、お昼でもちゃんとコースでオードブルからデザートまで、ワインも飲みながらゆっくり食べるけど、私たちはお昼は簡単にすませたいという時が多いから、テーブルクロスのかかっていないこういうお店で充分。スパゲッティやハンバーガーを食べる。子どもたちはハンバーガーで満足する。

子どもたちは関原さんにタバコの煙の輪を出してとせがんでいる。これは一日一回セレモニーみたいにやってもらっている。運転もうまいし、外国語もできるし、父親のできないことをやってくれるので、子どもたちにとって関原さんは一種のヒーローだ。

カネからまた二二〇キロくらい、ひまわり畑がたくさん見える道をつっ走ってアルルに着いた。

ジュール・セザールという名前のホテルに泊まることにする。ジュール・セザールというのはジュリアス・シーザーのことらしく、そんなようなローマふうの

ARLES

彫刻が玄関を飾っている。なかなか豪華なホテルだ。

町に出る。アルルという地名は知っていた。でも何で覚えたのかよくわからない。音楽のような気もする。絵のような気もする。そう言うと、夫が「絵ならゴッホ、音楽なら〝アルルの女〟と言って、メロディを口ずさんだ。「これは〝アルルの女〟の中のメヌエット」と言うけど、音痴っぽくてよくわからない。

古くて静かな町だ。私はアルルという音の響きから田園風景を思い浮かべていたが、歩いてゆくと大昔のローマ時代の石の柱がごろごろしている遺跡があるのでびっくりした。これもジュリアス・シーザーと関係があるのだろうか。

この遺跡はへいで囲われていてよく見えなかったけど、中は円型劇場ふうで、オーケストラが練習しているのが聴こえる。ここで音楽会が開かれるらしい。

もう少し歩くと、美術館らしい建物があって、その前の広場に大きくパネル展示がしてあった。天安門事件の報道写真がいっぱい。私に目で合図しながらうなずいている親子がいた。私を中国人だと思って、大変だったですねと言っているみたいだった。私もうんうんとうなずいて、中国人になりきってしまった。

暗くなってきたのでホテルに帰って食事。今日はホテルの庭のレストランで食べる。

アルル地方の最高のワイン（安い）を頼み、オードブルはメロン。一人一個ずつで、中にお酒が入ってる。タルタル・サーモンに、えびの香草ソテーとサラダ菜のあたたかいサラダ。

関原さんはお腹の調子が悪いと言ってほとんど食べない。あんなに元気そうに運転してたのに。スペインで飲んだ水が悪かったのかもしれないと言う。私は胃の薬を持ってきてるけど、関原さんはよほどのことでない限り薬は飲まない主義だそうだ。

夫のコラム

夜中に目がさめた。頭の中で音楽が鳴っている。アリカンテのパレードの音楽である。あの日、同じメロディを繰り返し聴いたので、頭の中にインプットされていたらしい。すっかり忘れていたのに、突然甦ってきた。明朝になるときっと忘れてしまうだろうから、起き上がって譜面に書いておいた。

次のような曲である。

8月10日（木）

朝食。関原さんはぐっすり寝たからだいぶ調子はいいと言う。ホテルの朝食はいつも通りジュースと紅茶とパン。食べているとぱらぱらと雨が降ってきた。庭のテーブルだったから、雨がかかる。私たちはテントの下に避難したけど、平気で濡れながら食べているカップルもいる。

　雨はすぐやんで、午前中はもう少しアルルの町を見ようと散歩。きのう歩いたのとは違う方向に行く。

違う場所に行ったせいか、きのうより今日の方が観光客が目立った。お土産もの屋さんもちらほら。

きのうとは違う大きな古い円型劇場があって、入口に闘牛のポスターが貼ってあった。昔の建物を使って闘牛をするのかな。フランスだから、闘牛のやり方も違うのかな。子どもたちは見たがったけど、昼頃には出発しなければならない。

ゴッホが描いたはね橋を見たいと夫が言う。町を出て少し行ったところにあるらしい。車に荷物を積みこんでチェックアウトして、それからはね橋を見に行く。

ちょっと走るとすぐあった。ゴッホのはね橋の絵はがきを買っておいたのでくらべて見る。おんなじだ。遠くにある小さな家もそのままだ。よく見ると岸のところが絵と実物とは少し違う。工事をして少し様子が変わったのだろう。しばらく橋のところにいて、ゴッホはここから描いたのかなあ、などと考えながら風景をじっくりと見てから出発する。

ひまわりいっぱいの道をどんどこ行く。四〇キロほど走ったところでお腹がすいてきた。そこはセント・ルイス（フランス読みだとサン・ルイかな）という小さな町だった。海浜レストランがあるだろうと思って海辺に出たけど見あたらない。夫が通ってきた道で中華料理の看板を見たと言う。それっと戻る。ちょうど中華も食べたくなってきた頃だ。

あった。提灯《ちょうちん》がぶらさがって、漢字が書いてある。どう見ても中華料理店だが、入るとそこはカンボジア料理の店だった。私たちにとってカンボジア料理なんて初めてだし、珍しいけど、フランスではそれほど珍しくないそうだ。カンボジアは仏領インドシナだったから、料理が輸入されていても不思議はない。

それに心配することはなかった。私たちはおそばを何種類か頼んだが、中華料理とほとんど同じようなもので、お箸《はし》で食べるし、なつかしい味がした。

店ではカンボジアの青年が数人働いていて、私たちに「シノワ？（中国人か）」ときいた。日本人だと答えたけど、日本人はこの町では珍しいのかもしれない。

今度は海岸線を走る。七〇キロくらい行くとマルセイユに出た。

マルセイユといえばブイヤベースと思う。だけどさっきカンボジアおそばを食べたばかりで、今はお腹すいてない。マルセイユに泊まるという手もあるけど、十五日にローマ入りという予定のためには、距離をかせいでおいた方がいい。それでマルセイユ泊はあきらめて、先へ進むことにする。

海岸沿いに走ってマルセイユの風景をたっぷりと見る。ヨットハーバーに無数のヨットが停泊している。帆柱がまるで林のように果てしなく続く。風変わりな船もあった。でっかい海賊船だ。関原さんの説明によると、これは映画のために造られた船で、撮影のあとは観光用に実際に航海しているそうだ。

夫のコラム

その映画というのはロマン・ポランスキー監督、ウォルター・マッソー主演の『海賊』である。一九八六年の映画だが日本には輸入されなかった。ヴィデオでは『ポランスキーのパイレーツ』という題で発売されている。四十億円かけて作ったが、興行的には成功しなかった。海賊船を本物そっくりに実際に航行できるように造ったのも製作費がかさんだ要因であろう。赤字を少しでも埋めるために、船がその後も働いているらしい。

マルセイユからカンヌの方を目指して海岸線をどんどん行く。サン・トロペに泊まりたいと私が言うと、あそこは観光客がいっぱいだからいきなり行って空いているホテルはないでしょうと関原さんが言う。それでサン・トロペより手前の小さな海沿いの町でホテルを捜すことにする。ところが名前もきいたことがない町でも海水浴客がいっぱい。絶対ここに泊まりたいというような海に面したきれいなホテルもあったけれど、そんなところはもちろん満員だ。

レイヨルというところでやっと、ちょっと高級ムードのル・バイイ・ドゥ・スフランというホテルに部屋がとれた。町からは遠く、人里はなれた海岸にぽつんと建っているホテルだった。部屋は海に面してテラスがあって、眺めもいい。ホ

SAN REMO
MONACO
NICE
CANNES
St.TROPEZ
RAYOL
ARLES
St.LOUIS
MARSEILLE

テルの庭から海岸に直接つながっている。子どもたちはさっそく泳ぎに行く。

　夕食はたいていホテルを出て町のレストランを捜すのだけど、このへんはまわりに何もないのでホテルの中庭のレストランで食べる。混んでいた。泊まり客はみんなホテルで食べるのだろう。

　ギターを弾きながら歌う二人組の歌手がスペインの歌を歌って各テーブルを回っている。チップをあげないといけない。こまかいお金がなかったので少々はりこんだから「ククルクク・パロマ」とか「アドーロ」とか「グラナダ」とか知ってるスペインの歌をいっぱいリクエストした。元をとろうと思ったのだけど、二曲だけ歌って行ってしまった。

食事中に雨が降ってきた。電動でテントがガラガラと出てくる。でもそのうちテントから雨がもりだしてテーブルの上にビチャビチャとたれてくる。アルルでもそんなことがあったけど、ここでもヨーロッパの人は平気。料理の上にボタボタ水が落ちても、笑って食べている。

そんなふうだから、このレストランでの印象は、カリカリのカラメル入りアイスクリームのおいしさだけだった。

夫のコラム

夜、目がさめる。テラスに出てみると波の音のみ聴こえ、風は涼しくいい気持である。上を見ると満天の星。信じられないほどの数の星が見える。それだけ空気がいいのだろう。

率が目をさましたので、「ちょっとおいで、見てごらん」とテラスに呼んだ。率はやってきて空を見ると「わ！」と言った。こんな星空は初めて見たのである。数年前に五島列島で見た星空も、子どもにとっては珍しいものだったが、ここのはそれ以上だ。そのうち「気持わるい」と言い出した。あんまり星の数が多いので、気味悪くなったらしい。東京の空しか知らないとこうなるのか。

8月11日（金）

ちょっと寝坊して遅目に朝食の部屋に行ったら、五十分待たされた。景色のいいホテルだけど、サービスは最悪だ。でもコート・ダジュールで子どもたちを泳がせることができた。午前中また泳ぐ。波もおだやかで、泳いだり日向ぼっこしたりしている人もホテルの泊まり客ばかりだからすいている。トップレスの人もいる。バストの大きさに関係なく、みんな堂々と砂浜にいる。ウインド・サーフィンをする人もゴムボートで漕《こ》ぎ出す人もいて、みんな楽しそう。子どもたちもたっぷり楽しんで、さあまた出発。関原さんもすっかり回復している。

コート・ダジュール沿いにどんどん走る。

サン・トロペに出る。サン・トロペは今は有名な避暑地だけれど、昔は小さな漁村だったそうだ。こんなふうに賑やかになったのは割合最近のことで、有名人が別荘を持ったりするようになってからだ、と関原さんが教えてくれる。ブリジット・バルドーが住んでいるそうで、夫が「そのへん歩いていないかなあ」と言うと、「会わない方がいいですよ、今はシワだらけだから」と関原さん。

せっかくサン・トロペに来たのだから、ちょっと車を降りて見物したいと思った。港をぶらついてみる。海水浴客でいっぱいで、モーターボートがいっぱい停泊している。絵描きさんが海辺に絵を並べて売っているので見たら、海の絵はほとんどなくて、田園風景とか窓辺の花みたいな絵ばかりだった。

とにかくサン・トロペの空気を吸ったので、また車に乗りこむ。

窓から見ると海水浴場ばかり。小さな入江でも砂浜があると水着の人たちが集まっている。十五人くらいで満員のところもあった。そこを通り過ぎてちょっと走るとまた小さな海水浴場があるというふうだった。

お腹がすいてきた。お昼までホテルにいたから、昼食時間をだいぶ過ぎている。走りながら窓からレストランを捜す。崖の上に海を見おろすように建っているレストランがあった。これは最高。さっそく入ろうとしたけど、私たちのようなジーパンや半ズボンではお断りだということで、がっかり。

小さな海水浴場の小さなレストランをやっと見つける。時間を過ぎているので食事用の部屋はもう閉まっていて、スナックだけ。シャンピニオンとベーコンのピザとトマトサラダを食べる。

カンヌを通ってニースへ。

ニースは関原さんが今住んでいるところだ。関原さんはピレネーで買った毛皮など、今後の旅に不要なものを家に置きに行く。私たちはカフェで待ち、また出発。有名なカンヌもニースも、あっさり通り過ぎてしまった。

モナコに入る。今日はここで泊まりましょうということになって、ホテルを捜す。よさそうなホテルを二軒ほど当たったけれど、みんな満員。それでは山の上に行ってみようと、関原さんは市内から急坂を上へ上へと車を走らせた。

登りきったところにホテルがあった。断崖絶壁のはじっこに、まるで崖から身を乗り出すような感じで建っているホテルだ。ヴィスタ・パラスというホテル。ここに部屋がとれた。市内を見おろし、もちろん海もどーんと真下に見える。素敵な眺めだ。でも残念なことに、私たちの部屋からはモンテカルロ側が見えない。モンテカルロの夜景より地味なイタリアの方が見える。

とにかくすごいところに建っているので、命がけみたいな感じがする。いくら地震がないといったって、毎日ここにいようとは思わない。

ホテルがとれて落ちついたところで、また町へ行こうということになった。車に乗りこんで山をおりて町に向かう。

モンテカルロの中でも古い町に行く。町の人が大勢うろうろしている。いかにも庶民的な感じのレストランに入る。でっかいメロン半分にレモン絞って食べるオードブルにいかのリングのフライ。これにはポテトフライとレタスが添えてあって、ひと皿でお腹いっぱいだ。プロヴァンス地方のワイン（ロゼ）の冷たさといかリングのあつあつが口の中で合体していい気持。

店の外はブカブカドンドンとすごく賑やかだ。この町もお祭らしい。

食事を終えて外に出ると、入れかわりに楽隊の服を着た人たちが手に手にトランペットなどを持って入ってきた。私たちが食べている間にお祭のクライマックスは過ぎてしまったみたい。でも町は人でいっぱい。石だたみの道は紙吹雪でいっぱい。紙吹雪を投げながら歩いている人もたくさんいる。いきなりシュルシュルッと何かピンクのものを吹きかけられた。発泡式のヒモみたいなものが出てくるスプレーだ。これを持っている人もたくさんいて、知らない人でも何でも、ところかまわず吹きかけ合っている。紙吹雪とスプレーの嵐の中をくぐり抜けて、宮殿前の広場に出た。ここにグレース・ケリイがいたのかと思うと不思議な気持がする。紙吹雪を買って、子どもたちも喜んで知らない人に投げつけている。

夜もふけて、また山を登ってホテルに帰る。ホテルの玄関の横からモナコの夜景が見える。上を見あげると星空もきれいだ。夫がゆうべの星空がすごかったと話す。みんなで見あげていたら星が一つ流れた。「あ、流れ星。初めて見た」と子どもが言う。今の子どもは流れ星もなかなか見られないのだ。可哀そうになってしまう。

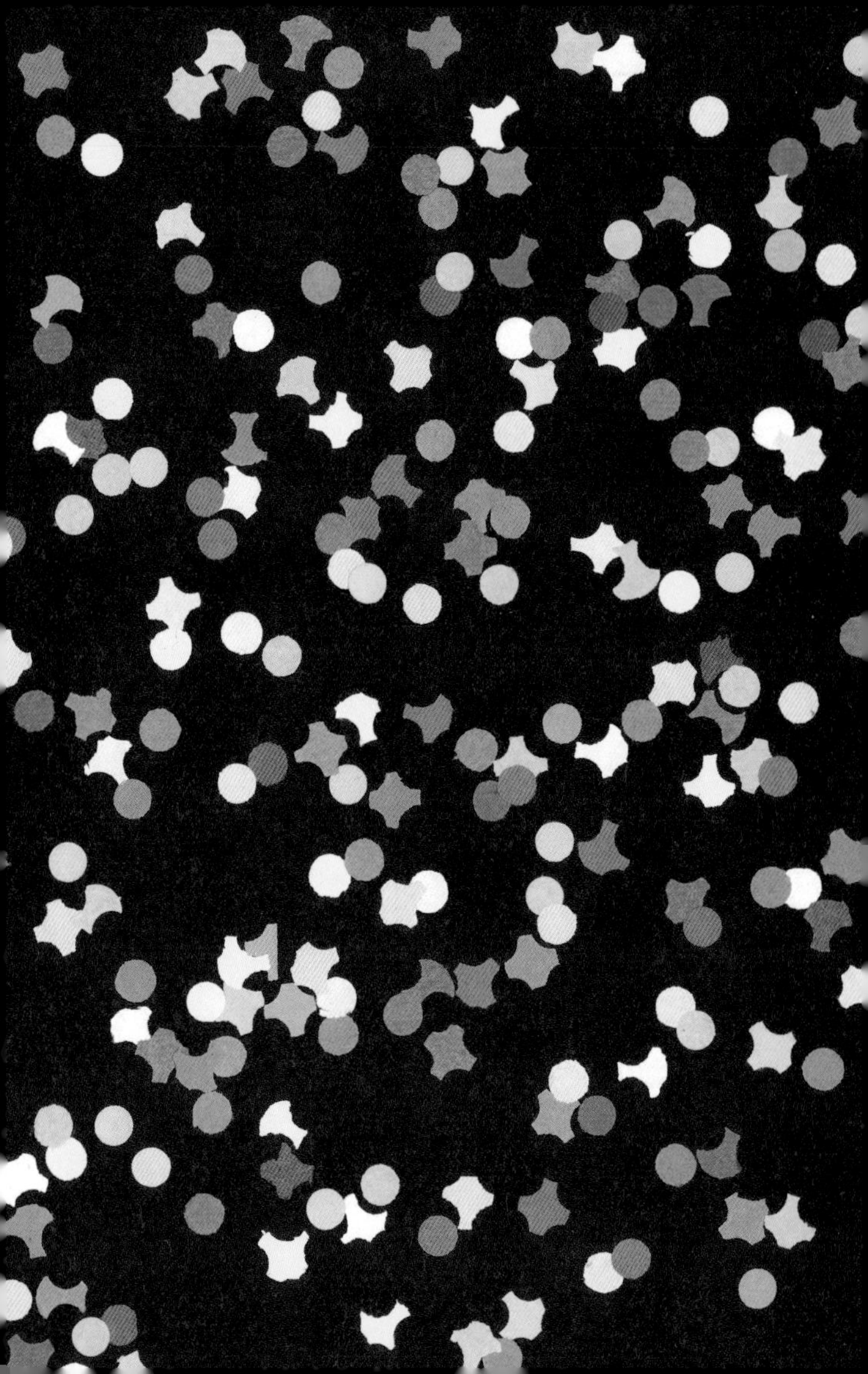

8月12日（土）

今日はモナコを発ってイタリアに入る予定。「十五日はイタリアの祭日ですよ。日本では終戦記念日だけど」と関原さんが教えてくれる。「うちは卒の誕生日よ」と言ったら、十四日はぼくの誕生日です、とのこと。

ホテルをチェックアウトしてから、モナコの町におりる。

海洋博物館があるので、子どもたちのために入ってみる。一階が展示場、地下が水族館。印象的なのは一階の巨大な鯨の骨だった。

カジノにも行きたいと思う。入ろうとするとおじさんがチェックしている。看板も出ている。Tシャツやショートパンツの人と子どもは入場お断り。唱は「ぼくはダメのかたまりだ」と言う。子どもと一緒にスロットマシーンくらいできると思ったけど甘かった。

カジノをあきらめてイタリアに向から。トンネルをたくさん抜けて国境。またトンネルをいっぱい通ってサン・レモに出る。

普通の海岸の町だけど、ここで音楽祭があって、岸洋子さんもここで歌ったんだなあ、と思う。

サン・レモの小さなレストランで昼食。イタリアに来たのだから、さっそくスパゲッティを注文。魚介類のスパゲッティ、ボンゴレ、ボロネーズをみんなで食べた。みんなおいしい。魚介類のスパゲッティはムール貝、えび、あさり、にんにく入りのトマトソース味。中でもボンゴレが最高だった。ワインはサンタルチアという名前の赤ワインで、一九八七年の5966734本目と書いてあった。

隣のテーブルで食べている人のを見ると、ヴィシソワーズやサラダが、色つきのかき氷の入ったグラスの上に載っている。とてもきれい。今度私もやってみよう。

高速道路に乗る。

サン・レモから一八〇キロくらいのところにピサがある。びゅんびゅんとばしてピサにやってきた。なんたってここは有名なピサの斜塔があるところだ。これを見なくちゃいけない。

高速道路をおりて少し走ると、広い原っぱというか造成中の地面というか、ひらけたところに出た。遠くに小さく斜めの塔が見える。そちらに向かっていく。途中通行止めのところがあって、回り道しているうちに塔が見えなくなったりしたが、とにかくピサの町に入った。さっきはなんにもないところにポツンと塔が建っているように見えたけど、あれは高速道路の方から見たからだった。古い街並があって、石だたみの道はせまくて、一方通行だらけ。ホテルを捜して走っていても、同じところをぐるぐる回ってしまう。

古い町をちょっとはずれたところでホテルの部屋をとる。カヴァリエリという、中級の普通のホテルだった。

ホテルから歩いて斜塔を見に行く。二十分ほど歩く。途中の道端には地面にゴザを広げてものを売っている黒人青年がずらっと並んでいる。時計やルイ・ヴィトンのバッグを売っている。もちろんみんなニセ物だろう。率はその人たちを「ブラックさん」と呼んで、「ブラックさんから時計を買いたい」などと言う。やめ

なさい、と親は言う。

アルノ川を渡ってしばらく行くと、目の前にどーんと斜塔が現れた。見れば見るほど斜めの塔だ。真下から見あげると倒れてきそうで怖いくらい。

夕方なのでもう塔には入れない。塔に登るのは明日の朝にして、そのへんをぶらぶらする。斜めの塔をささえてるみたいなポーズで写真を撮ってる外人がいた。私も真似をする。

そうこうしているうちに暗くなる。斜塔は夜の照明になり、とってもきれい。お腹がすき、レストランを捜す。観光客いっぱいの筈なのに、手ごろなレストランがなかなか見つからない。ぐるぐるとずいぶん歩いて、やっと一軒小さなお店に入る。

イタリアの古い町のレストランにしては、高ーい天井、なんにもないまっ白な壁にネオン管一本という、モダンというか今日で店じまいというくらいの殺風景な装飾の店だったけど、出てきたおばさんはいかにもイタリアふうな、小ぶとりの愛嬌のいい人だった。

サイの目に切ったたこ、いかが入ってるリゾットに、鮭ときのこを生クリームであえたスパゲッティ。小だことイかのフライなどを食べる。スパゲッティが抜群にうまかった。

この店にいきなりブラックさんが入ってきた。大きな板を首からぶらさげている。板にはいっぱい釘が打ってあって、そこにアクセサリーとかいろんなものが吊るしてある。何か買ってくれというのだ。私たちのほかにお客はアベックが一組。アベックは何だかプルルルと大きな音が出るオモチャを買っている。店のおばさんはマッチを一つ買った。私たちは何も買わなかった。

ホテルへの帰り道。もう町の人も観光客も歩いていない。暗くて細い道は私たちの靴音が響くだけ。突然目の前に古い教会があったりして、いい感じだ。

8月13日（日）

朝食をすませて、荷物を車に積んで、チェックアウトをすませて、ピサの斜塔へ。

関原さんは車に残ると言う。田舎町はいいけど、こういう観光客でごった返しているところには悪いやつもいて、車をこじあけて中の荷物を持っていかれることが多いからだ。全財産積みこんでるから盗まれたら大変。お言葉に甘えて私たちだけ塔に行く。

午前中だけど日曜日なので人はいっぱい。行列を作って塔に登る。塔全体が斜めになっているうえに石のらせん階段で、何百年もの間大勢の人が登り降りしているから、重心のかかる方がすり減っている。だからよけいそっちにかたむくので転ばないように足に力を入れて歩く。歩きにくい。それに上から降りてくる人もいる。階段はせまいから、すれちがうのもひと苦労。各階それぞれに外に向かって回廊がある。誰でもそこに出られる。金網も手すりもなんにもないからすごく怖い。

七階まであって、その上に鐘楼《しょうろう》がある。そこに上がったら、いきなり鐘が鳴りだしたのでびっくりした。電気仕掛で鐘をつくようになっている。昔は坊さんがひもをひっぱって鳴らしたのだろう。さらにその上のてっぺんにも登れるよう

になっている。すごい高さで、ここはさすがに手すりがついていた。でも、たっぷりすき間がある手すりで、子どもなんか簡単に落ちちゃいそう。斜めになってるから、すべっていっちゃいそうで、なかなか恐ろしいものだった。

率の夏休み一行日記

ピサのしゃとうにのぼった。てすりがないのにいちばん上までいったから、ふらふらしてしまった。おっどろくほどななめだった。

出発。

葡萄畑がいっぱい。車を降りて見る。青い実がなっていた。

ピサから五〇キロくらい走って、サン・ジミニャーノという古い町へ行く。まるで新宿のビルみたいに、ニョキニョキと石の塔が見えてきた。ここだ。

普通の道路のわきにある駐車場に車を停めて、ちょっと小高い丘に登ると、すぐに何世紀も前の世界になってしまう。ここは塔の町。赤い煉瓦色の塔が小さな町に十四も建っている。

町のまん中に広場があって、そのまん中に大昔の井戸がある。鳩がたくさんいて、アベックの旅行者が記念撮影をしている。広場のまわりは絵はがき屋さんや小さなホテルやレストランが囲んでいる。その中の一軒のレストランのテラスでビールとハムサンドで昼食。太陽がいっぱいでまぶしい。

唱はお腹が痛くて食欲なし。背がのびないと悩んでいる。

サン・ジミニャーノからまた五〇キロくらい走るとフィレンツェだ。

アルノ川のほとりのエクセルシオールというホテルに部屋をとる。今日はまだ午後

早いうちにホテルが決まった。少し休んでから町を見物に出かける。

ホテルの前から数えて四つ目くらいの橋がポンテ・ヴェッキオ。橋の上に二階建ての店が並んでいる。十四世紀にできた橋だという。橋の上はすごい人混み。日曜日のフィレンツェだから、当然だろう。

橋を渡りきったあたりに、似顔絵描きさんたちが商売をしていた。一人は切り紙で影絵の似顔を作る。一人は真面目な写実的な絵、一人は漫画ふうの絵。漫画ふうがいちばん人気があって、人だかりも最高。うちの子どもたちも面白がって見ている。観光客一家が次々に絵描きさんの前に座って描いてもらっていたけど、およそひどい顔

に描かれている。それでもゲラゲラ笑ってお金を払っていた。

子どもがアイスクリームをほしがるので買う。私もなめてみたら、とてもおいしいアイスクリームだった。

橋のそばの一軒のレストランは店先にスパゲッティ各種をカラー写真で展示してあって、コーラの写真もある。アメリカ人相手のレストランらしかった。

今度は橋を反対側へ渡る。道端に人だかりがしてるのでのぞくと、口上を言いながら紙人形をあやつっている人がいた。ぺらぺらの紙人形が一人で立ったり、おじぎしたり踊ったりする。糸はついてないので、なんとも不思議だ。またこの人が芸人で口上がうまい。何を言っているかよくわからないのだけど、それでもうまい。日本のお祭の物売りとおんなじだ。子どもたちも面白がってずっと見ていて、ついにはこの人形を一つずつ買わされた。結局見えないくらいの細い糸であやつっていたのだった。

もう少し歩くと今度は小さな人だかり。そこには銅でできた大きなイノシシがいて、口から水を出している。みんなお賽銭《さいせん》をあげているのだが、あげ方があって、イノシシの口の中の水にお金をひたしてから下に落とすのだ。率もやってみ

フィレンツェの
イノシシ
みんながさわるせいか
ここがピカピカに
光っている

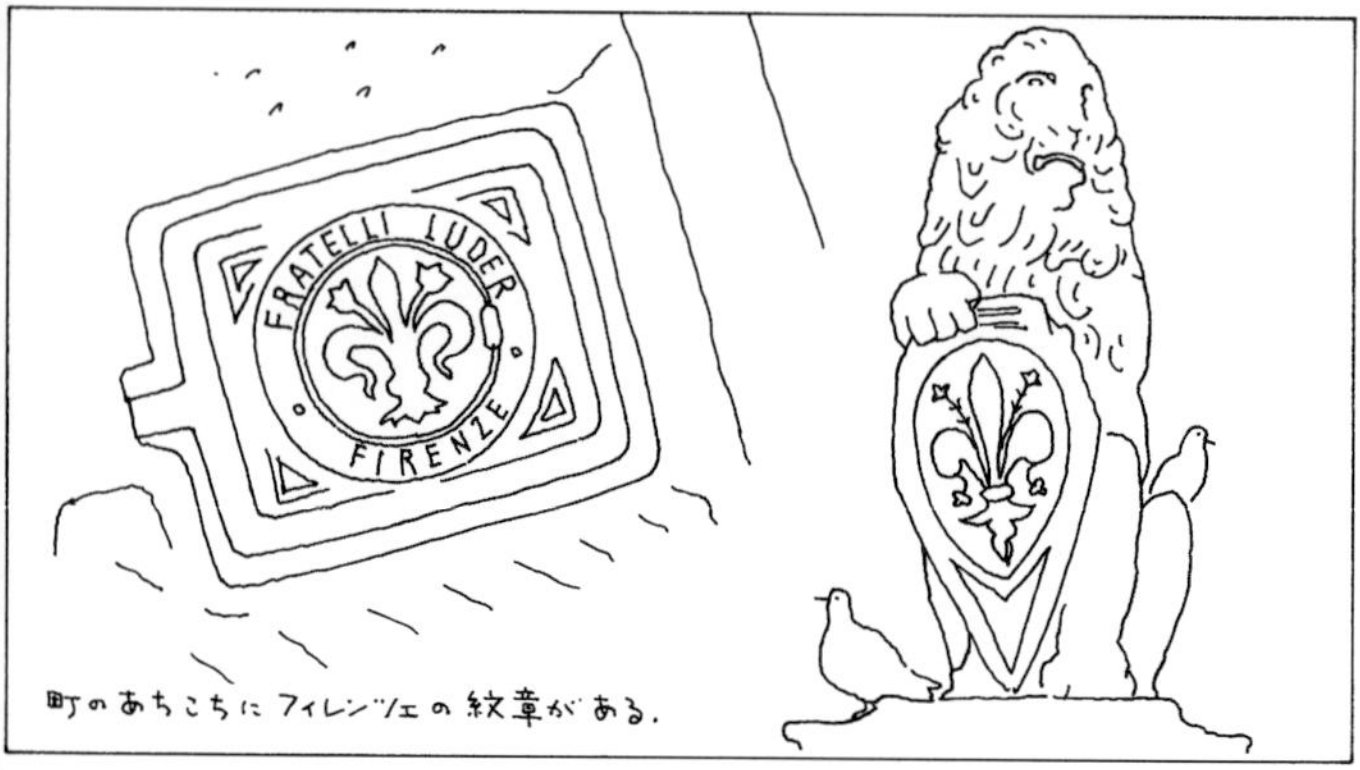

町のあちこちにフィレンツェの紋章がある.

たいと言う。コインを渡すとみんなの真似してやっていた。

もっと歩くと広場に出た。シニョリーア広場らしい。彫刻がいっぱい建っている。宮殿と美術館も見える。ぶらぶら歩いているだけで歴史と一緒になっちゃう感じで、すごい町だと思う。ただしこの広場もあちこちで補修工事中らしく、足場のパイプやおおいの布だらけだった。

一度ホテルに帰って、食事をしようとまたシニョリーア広場に戻る。広場に面したレストランがあるのだが、満員。横丁の小さなレストランに入る。一階は満員で地下に通される。

例によって、この地方のワインを頼む。キ

ャンティ地方のだった。

サラダ・カプリチョーザというのはカッテージチーズをトマトでサンドイッチしたもの。オレガノがかかっている。ボーイさんに「オレガノ？」ときいたら「オリガノ」と答えた。

夫はミネストローネ、子どもたちはスパゲッティ・ポモドーロ、私はラザーニアを頼む。この三つがメニューでは同位置で、夫はどうもそれがわからないと言う。ラザーニアはくどくなく、辛くなく、ねばっこくなく、品がよくておいしい。私が「おかわり食べたい」と言うと、夫はコースでとってるから一人が同じものを二度食べるのはおかしいんじゃないかと言う。でもおいしいんだからしようがない。気に入ったからおかわりをくださいと言ってよ、と関原さんに頼むと、自分で言ってくださいと拒否された。関原さんも恥ずかしいと思うらしい。ボーイさんを呼んで「これもう一つ」と身振りで言うと「アンコーラ？」と言ってまた持ってきてくれた。

率はまた言葉を覚えて、「アクア・ミネラーレ」と水を注文している。私はミネラル・ウォーターはフランスやスペインよりもイタリアがおいしいと思った。

8月14日（月）

しばらく買物をしていないので欲求不満になっている。せっかくフィレンツェにいるのだから、出発前にここで何か買いたい。子どもをホテルに残して、夫と出かける。早すぎてまだオープンしていない店も多いけど、とにかく川沿いにウィンドー・ショッピング。手はじめに、夫にセーターを買わせた。服装にはまったくかまわない人だから、無理に買わせないと自分からは買おうとしない。

じゅうたん屋さんがあった。オリエントのじゅうたん専門店だ。日本ではものすごく高いペルシャじゅうたんが、ひとけた違う値段で売っている。落差がはげしいほど、私は興奮して買いたくなってしまう。夫はイタリアでペルシャのものを買うことはないだろうと言うが、この店のじゅうたんは私に買われたがっていると思うから、どんどん店に入っていく。大きいお店で、一軒おいた隣と地下でつながっていて、店主のおじさんはいくらでも見せてくれる。一枚買って送ってくれるように頼んだ。

大きな買物をしたのでやっと落ちついた。あとは町をぶらぶらして、お土産用のノートを買う。お土産もの屋さんの屋台にセーターが吊るしてあって、それがとてもきれい。どうしてもうちの子にしたくなって、安物だけど、それも買う。

これで安心して出発できる。

フィレンツェからシエナに向かう。フィレンツェを出る前にミケランジェロ広場に登る。私と率が車で留守番、あとの三人が広場からフィレンツェ市内を眺めて帰ってくる。

フィレンツェから六〇キロほど、葡萄畑いっぱいの田園風景の中を走ってシエナへ。

丘に登ってゆくと、駐車場に観光バスがいっぱい。たくさんの屋台に衣料品が並べられていたり、お役所らしい建物には色とりどりの旗が飾られていたり、何だかお祭気分だ。

古い町はもう少し先だけど、まず昼食。裏窓からサッカーか何かのグラウンドの見えるレストランに入る。

タリアテッレ・アル・サルサ・ディ・ポモドーロ（トマトソースのパスタ）とビステッカ・ディ・マイアーレ（豚肉を塩、胡椒して直火で焼いたもの、レモン添え）を食べる。夫も豚肉を食べていた。子どもたちはスパゲッティ・ポモドーロが気に入って、そればかり食べる（唱のお腹の調子も回復）。

サラダを頼んだらレタスが十枚、お皿に載ってきた。味つけは自分でする。トマトも注文した。まっ二つに切った皮つきのトマト二つ、それだけ。ダイナミックでいいけど、サービスもなさすぎる。ヘタもとってないんだから。でも食べたら太陽の味。この自然の味覚は、サービスなんかどうでもいいと思わせる力を持っている。

食後の果物は氷水の入ったガラスのボールに、桃、ハタンキョウ、梨《なし》、葡萄などごっちゃり入っていて、あとは好きにやってよという感じ。勝手にむいて食べる。

古いシエナの町は城壁の中にあって、一歩踏みこむとタイムトンネルに入ったみたい。七百年も八百年も昔の風景が保存されている。

宮殿前の大広場のまわりには、椅子が並べられていて、これから何か始まるように見える。

城壁の内側は、ますます旗がいっぱい飾ってあって華やかだ。国旗じゃない。夫は「いろんな都市の紋章だと思う」と言っていた。

お土産もの屋さんがあって、旗と同じデザインのタイルが売られている。関原さんがその中の一つをすぐ買った。見ると紋章の下にAQUILAと書いてある。アキラ、関原さんの名前なのだ。アキラという都市がイタリアにあるらしい。

町の片隅ではおそろいの派手な衣裳を着て、行進の練習をしている一団がいる。旗のふり方などを稽古《けいこ》している。別の場所では別の色の衣裳の一団がいた。ロミオとジュリエットみたいな衣裳。きっとこの町が栄えた頃のスタイルなのでしょう。そういう恰好でみんなあの大広場に繰り出してパレードをするのでしょう。テレビカメラを持って準備している人がいたからきいたら、パレードは明日だという。明日まではいられない。残念ながら出発だ。

シエナから四〇キロくらい田園風景の中を走り、それから高速道路に乗って五〇キロくらい走る。車に乗ってる時間が長いと子どもたちは退屈して文句を言いはじめる。率は「二泊三日の野球の合宿の方がよかった」としきりにぼやく。

やがてペルージアという町に出た。

　ペルージアなんて聞いたことがなかったけれど、ここは由緒《ゆいしょ》ある古い町らしい。馬に乗った偉そうな人の銅像もある。ブルファーニというホテルに部屋をとって、町を歩くと、古い古い建物や、大きな古い古い噴水があった。噴水は大昔の遺跡のように見えたけど、ちゃんと水を出していた。

　グッチの店があった。広い店ががらーんとしてお客さんがいない。グッチというと日本ではふかふかのじゅうたんの店で、品物にはスポットライトが当たってるというイメージだけど、ここではバーゲンをやっていて、品物はぐちゃぐちゃに置かれていて、埃かぶった感じで有難味はなんにもなかった。日本に入ってくるのはグッチの中でも高級なものばかりらしく、ここにはグッチのマークはついてるけど、デザインの悪い安物もいっぱいあった。

レストランを捜したが、これといった店が見つからない。私たちのホテルのお隣のホテルにテラス・レストランがあって賑やかにやっているので入ってみると、満員。仕方なく私たちのホテルのレストランで食べることにした。

ルベスコという赤ワインを飲む。唱の批評。「最初は奥が深いかなーと思ったけど、すぐそうでもなくなった」。

スパゲッティ・アマルコルドはトマトとなすのソース。スパゲッティはイタリアにしては珍しく腰がなかった。フランス料理ふうなきのこのスープとカルパッチョ。ここのカルパッチョは牛肉のマリネふう。イタリア料理はいきおいがいい方がいい。ここのはいきおいに欠けていたと思う。

ホテルは丘の上に建っていて、玄関は銅像のある広場に面しているが、部屋からは町が見おろせる。唱が「九十八万ドルの夜景だね」と言った。うまいことを言う。百万ドルまではいかない夜景なのだ。
率が咳をして、のどが痛いと言う。持ってきた風邪薬を飲ませたが、心配だ。

8月15日（火）

率は今朝ものどが痛いと言う。ホテルのフロントに薬屋さんの場所をきく。今日は祭日で休みだが、開けている薬屋さんがある筈だ、と調べてくれる。夫が地図をたよりに出かけていって、身ぶり手ぶりで咳の薬を買ってきた。シロップ状ののどの薬。

夫のコラム

フロントで今日は何という祭日なのかとたずねた。フロントの人は何々とイタリア語を言い、これは宗教からきた休日ではなくて、ヴァケーションのための休日だと教えてくれた。遊びのために祭日を作るなんてすこぶるイタリア的だと思った。しかし後日調べてみたら「聖母被昇天祭」であった。聖母が宗教的でないとは考えられない。イタリア的なのはフロントマンの答の方だったかもしれない。

子どもをホテルで休ませておいて、私と夫は美術館に行く。ホテルから歩いてすぐのところ。ゆうべ見た大噴水のそばの市庁舎の中に美術館がある。夫は「フラ・アンジェリコがある」と言って喜んでいる。フラ・アンジェリコというのは宗教画家で、私の知らない名前だったけど、素敵な宗教画だった。

率の身体の調子は気になるけど、出かけなくてはならない。今日中にローマに行く予定。

まずアッシジに寄る。ペルージアからアッシジまで約二五キロ。このへんはウンブリア地方といって、アペニン山脈の山の中だ。

アッシジも古い町で、聖フランチェスコ教会を中心に、聖地として有名なとこ

ASSISI

ろだそうで、教会の中にはジョットの絵があるので、夫はまたまた喜ぶ。ジョットという名前も私は知らなかったけど、有名な宗教画家だそうだ。

まず、サンタ・キアラ教会に入る。サンタ・キアラという尼さんは、死後何百年もたって、埋葬したところから掘り出したら、きれいな姿のまま出てきたという。この教会の地下に安置されていて、私たちも見ることができる。きれいな尼さんの恰好で寝ている。生きて眠っているように見える。夫は作り物だろと言うけれど、私は奇蹟を信じたいと思う。

聖フランチェスコ教会に入る。大きくて荘厳。でも観光客いっぱいで、落ちつかない感じ。夫は熱心に壁画を見る。ここは地下にも教会があって、上の教会、下の教会と呼ばれているそうだ。

アッシジの町が見えるテラスで昼食。

サン・ジョルジオというこの地方の赤ワインを飲む。

カルパッチョは牛肉が霜ふりになっていて、しいたけの炒めたものとパルメザンチーズの薄切りがどっさり載って、オリーヴオイルがかかってる。塩辛い。山の中だから生肉を保存するためだろうが、塩辛いことおびただしい。

またスパゲッティ・ポモドーロ。タバスコくださいと注文したら、唐辛子入りのオリーヴオイルを持ってきた。

夫はカレーのリゾットを注文。カレーソースをお米にからませたもので、一種のカレーライス。おいしいけど、どういうわけか味の素の味がした。

ローマに向かう。

山道を一〇〇キロくらい走って高速に乗る。

今日は率の誕生日だ。あ、いけない。きのうは関原さんの誕生日だったのだ。仕方がない、ローマで一緒にお祝いをしましょう。

高速をまた六〇キロほどつっ走る。運転し続けの関原さんには申しわけないけど、私たちはうとうと眠ってしまう。目をさますと、そろそろローマだ。

ローマ市内に入ると風景が今まで見たところとまるで違う感じがする。都市がそのまま巨大な遺跡という感じで、スケールがすごくでっかいのだ。

ローマはホテルが決まっている。住所と地図をたよりにナポリ通りのブリタニア・ホテルへ。ちょっとしょぼい感じのホテルで、窓からの眺めもよくないし、

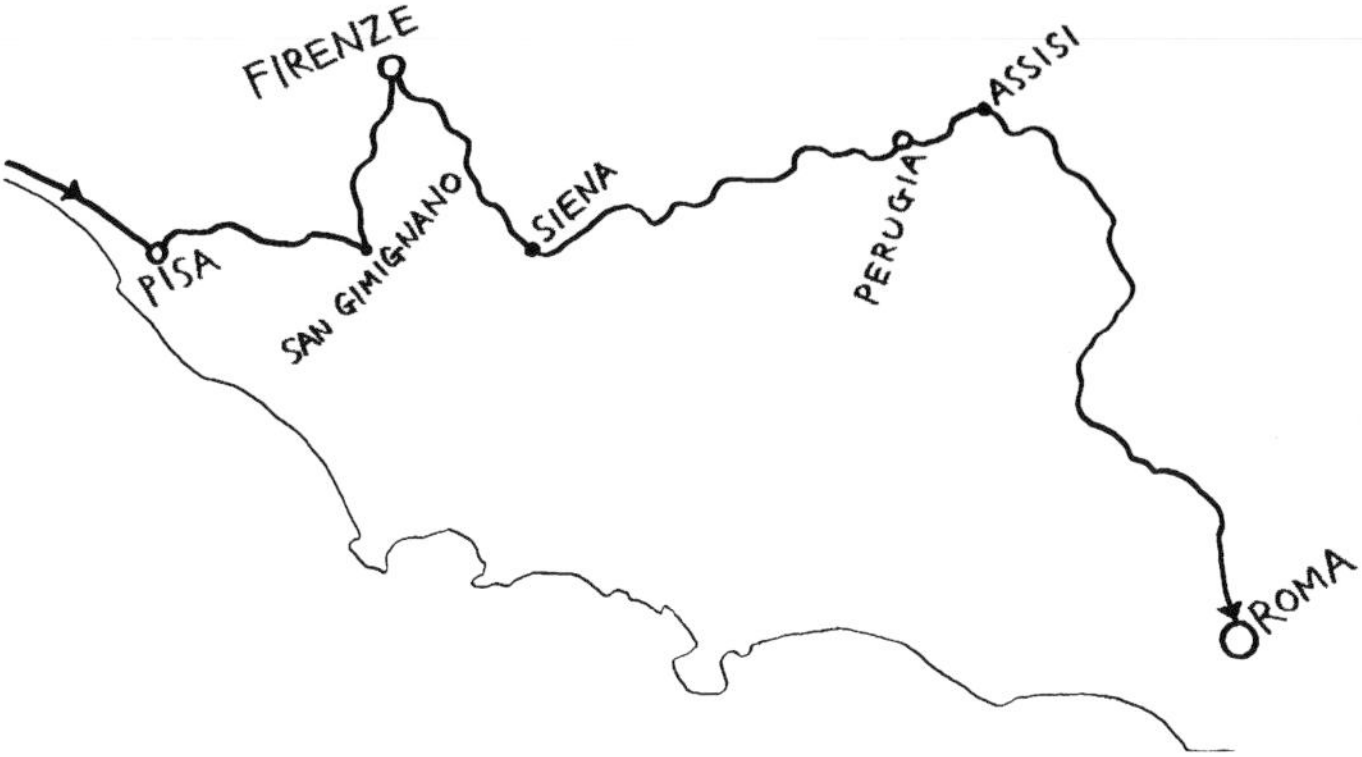

近所に立派なものもないし、バスルームにシャンプーもない。車に乗りっぱなしだったから、今夜はぜひともシャンプーをしたい。フロントにきいても置いてないと言う。どこへ行ったら買えるのかきいたけど、今日は祭日だからどこも開いてないとのこと。やんなっちゃう。きのうまでの、毎日の行きあたりばったりで見つけたホテルは、田舎ふうあり、絶景あり、豪華版ありでそれぞれのよさがあった。大都市のホテルは予約しとかなきゃとれないだろうということで、日本から旅行会社を通して頼んでおいたのだが、そんなことしなくても何とかなったかもしれないと思う。でも仕方がない。このホテルに三泊の予定だ。

外に出る。

ホテルを出るとすぐナツィオナーレ通りで、それを横切って進む。町角にでっかい彫刻があったりして、感心しながら歩くと、でっかい広場があって、でっかい宮殿が建っている。それに沿ってどんどん歩く。横丁に入って、またひらけたところに出ると、そこはトレヴィの泉だった。

でも残念なことに泉に水はなく、彫刻にもやぐらが組んであった。ここも修復工事中なのだ。今回の旅行は工事中の名所が多い。また歩く。途中でアイスクリームを買う。おいしくて子どもたちが喜ぶ。だんだん暗くなってきた。

どーんと広場に出た。楕円形のでっかい広場で、まん中に彫刻やら噴水がある。人が大勢出ていて賑やかだ。ナヴォナ広場である。テラスのあるレストランがいくつかあって、どこも人がいっぱい。

その一つに入る。ワインとオレンジジュースで乾杯。率の十歳の誕生日と、一日遅れの関原さんの誕生会だ。

夫はスープと相かわらず名前も知らない肉料理を注文する。私たちはスパゲッティ・ボンゴレを頼んだ。ボンゴレは来たけど数が足りない。関原さんの分だけ来ないのだ。足りないよと言うとしばらくして持ってきたが、ボンゴレでなくムール貝が入っている。ムール貝じゃないよ、ボンゴレだよ、と言うと、ウェイターがボンゴレはもう売り切れたと言う。それなら最初に注文した時に足りないと言えばいいじゃないかと文句を言うと、ウェイターは今日は漁師がボンゴレをたくさんとらなかったのだと言いわけをする。関原さんは言い方がずるいと言って返してしまった。ムール貝もおいしそうだったけど、関原さんが怒るのも筋が通ってる。でも運転し続けで疲れているだろうに、お腹いっぱいにならないで気の毒だった。

8月16日（水）

ゆうべは率が咳こんで、のどが痛い、胸が苦しいと、ひと晩じゅう大さわぎだった。きのうの朝買ったのどの薬で、おさまったと思っていたがそうでもなかったのだ。

朝早くフロントに頼んでお医者さんを呼んでもらう。九時にお医者さんが来てくれた。ドクトル・カルピタという若い先生だ。やさしく慎重に診察して、かなり悪いと言う。いつまでローマにいるのかときかれ、あさってまでと答えると、それは困ったなあ、と言う（このへんは夫が英語で奮闘した。先生も英語で話してくれる）。簡単には治らないから、治るまでローマで静かにしている方がいいということらしい。そしてナントカだ、と言った。病名を言ったのだと思うが、夫にもわからない。でもたぶん、気管支炎か気管支喘息と言ったのだと思う。気

管支炎は唱も率も何度かやっているから私にもだいたい症状がわかる。

先生はまず注射をする。率はいやがらずに注射をされた。それから先生は処方箋を書いてくれる。分厚い本をとり出して、薬の名前を慎重に調べて書いてゆく。イタリア語で書いたので、これは一日三回一さじずつ、というようなことを何度も何度も夫に説明をした。そして「これはベストではないのだが、あさって帰るというから、それに合わせた処方です」と言い、注射の効果を見てから帰る、と言ってしばらく部屋にいた。なにごとも記念だから、私は先生と率の写真を撮った。先生はいきなりフラッシュが光ったのでびっくりしていたが、「写真を送ってください」と言って帰った。

夫が薬屋さんに走ってゆく。処方箋を見せてその通りに三種類の薬を買って帰ってくる。朝食のトーストを部屋に持ってきて率に食べさせ、それから薬を飲ませた。

午前中、様子を見る。咳もなくなり、だいぶ安定してきたみたいだ。ずっとホテルで寝かせておく方がいいかもしれないし、せっかくローマにいるのだから、コロシアムくらいは見せてやりたいし。

そのうちもっと元気になってきて、唱を相手にふざけはじめた。それでちょっと出かけることにする。

コロシアムを見る。なにしろでっかいのでびっくりする。それにここで人間とライオンが闘ったなんて話を聞くと、ますますここが恐ろしいものに見えてくる。殺された人が可哀そうでしょうがない。テレビもラジオもなかったから、昔の貴族はそういうことを面白がっていたのかな。

コロシアムの近くの神殿の丘に行こうかと思ったが、かなり歩くことになりそうだ。炎天下だし、病気の子どもを連れていくのは残酷だから中止。「真実の口」

を見に行こうということになる。「真実の口」は子どもたちも話に聞いて知っていて、行こう行こうと言う。サンタ・マリア・イン・コスメディン教会にある石の大きな顔で、うそつきの人がこの顔の口に手を入れると抜けなくなるという。私はそれを中学生の頃『ローマの休日』で見てから、ポストに手を入れるのも怖かったのだ。

意外に小さな教会で、観光客もあまりいない。私たちの前には二組だけで、みんな口に手を入れて写真を撮っている。もちろん私たちもやってみる。率は手を入れて「わー」と叫んでみせたりして元気いっぱい。とても今朝医者

にかかった子どもとは思えない。

でもやっぱり心配なので、ホテルに帰ることにする。

ホテルに向かう途中の町角に小さなレストランがあったので、そこで昼食。道からひっこんだところにあって、看板も小さくて、観光客は来そうもない。人も雇っていなくて家族だけでやっているような店だった。店の奥のテーブルにオードブルがたくさん並んでいて、好きなものを自分でとってくるスタイル。なすの煮たのや、ピーマンとトマトや、いかのスミ煮や、魚介類をトマトソースであえたものや、みーんなオリーヴオイル味。あとはスパゲッティ・ポモドーロ。関原さんはゆうべのことがあったのでスパゲッティ・ボンゴレを頼んだけど、なかったので仕方なくポモドーロに。よくよくボンゴレについてない人だ。

ホテルに帰って率を休ませる。唱は宿題。英文和訳を夫が手伝っている。私はゆうべほとんど眠れなかったので、お昼寝をする。関原さんは写真を撮りに出かける。

夜になって夕食の時間（食べてばっかりいるみたいね）。率は中華が食べたいと言う。ゆうべ歩いた道の途中に中華レストランがあったのを憶えていたのだ。

ホテルの近所だし、病気の率の言うことだし、それにしよう。夫は、中華屋さんよりも近くに別のレストランがあったらそっちにしようと捜しに行く。よその国に来たらその国でないと食べられないものを食べたいという主義なのだ。なかったと言って帰ってくる。やっぱり中華屋さんに行く。

　入口に赤い提灯がぶらさがっていて、何だかなつかしくて安心する。子どもが病気で心細いからよけいそう思うのかもしれない。率は中華というだけで安心して嬉しそう。この子は食べなれないものは敬遠したいというタイプ。唱の方はおいしいものならいいというタイプ。

　間口はせまいが中に入ると思いがけず広い店だった。働く人はみんな中国人だったけど、お客さんは私たち以外に東洋人はいなかった。でも南欧系のせいか、見渡すと髪の毛はみんなまっ黒だった。

　普通の中華オードブルに普通の中華めん類の夕食。デザートはカラメルでカリカリにコーティングしたフルーツを添えたフライド・アイスクリーム。

　関原さんは仕事の都合で明日の昼に帰るという。といってもすぐニースに帰るのではなく、車をパリに返してからニースに戻るのだ。私たちはローマから飛行機に乗ればいいのだけど、関原さんは大変だ。

8月17日（木）

ゆうべ率はまたまた咳こんでつらそうだった。帰るのは明日の予定だが、一日でも早く日本に帰った方が安心だと思う。四人一緒が無理でも、せめて二枚チケットがとれれば、私たちのどちらかが率を連れて帰ればいい。夫にそう言うと、朝一番でヴェネト通りの航空会社に出かけてくれた。エール・フランスに行き、日本航空にも行き、それぞれのところからよその会社にきいてもらったりもしたけれど、なにしろ観光シーズンで、今日のチケットは一枚もとれないということだった。今私たちが持っているチケットで乗るのがいちばん早く日本に帰れる方法だという。事情を話すと日航では日本大使館の電話番号と医療担当の人の名前を書いてくれて、いざという時には連絡するといいと教えてくれたそうだ。

やはり今日一日、ローマで過ごすことになる。

率にもう無理はさせられない。でも唱は元気だから、少しはローマ見物をしないともったいない。関原さんに頼んで車で連れていってもらった。夫もつきあう。

私は率と部屋でうとうと。

唱はカラカラ浴場とヴァティカンのサン・ピエトロ寺院を見て帰ってきた。

薬のせいか率はまた元気になり、きのうの中華屋さんに行きたいと言う。夫は「またかよー」といやな顔をしたが、率が可哀そうだから言うことをきいてあげることにする。こういう時は母は強い。

ゆうべとだいたい同じもので昼食。

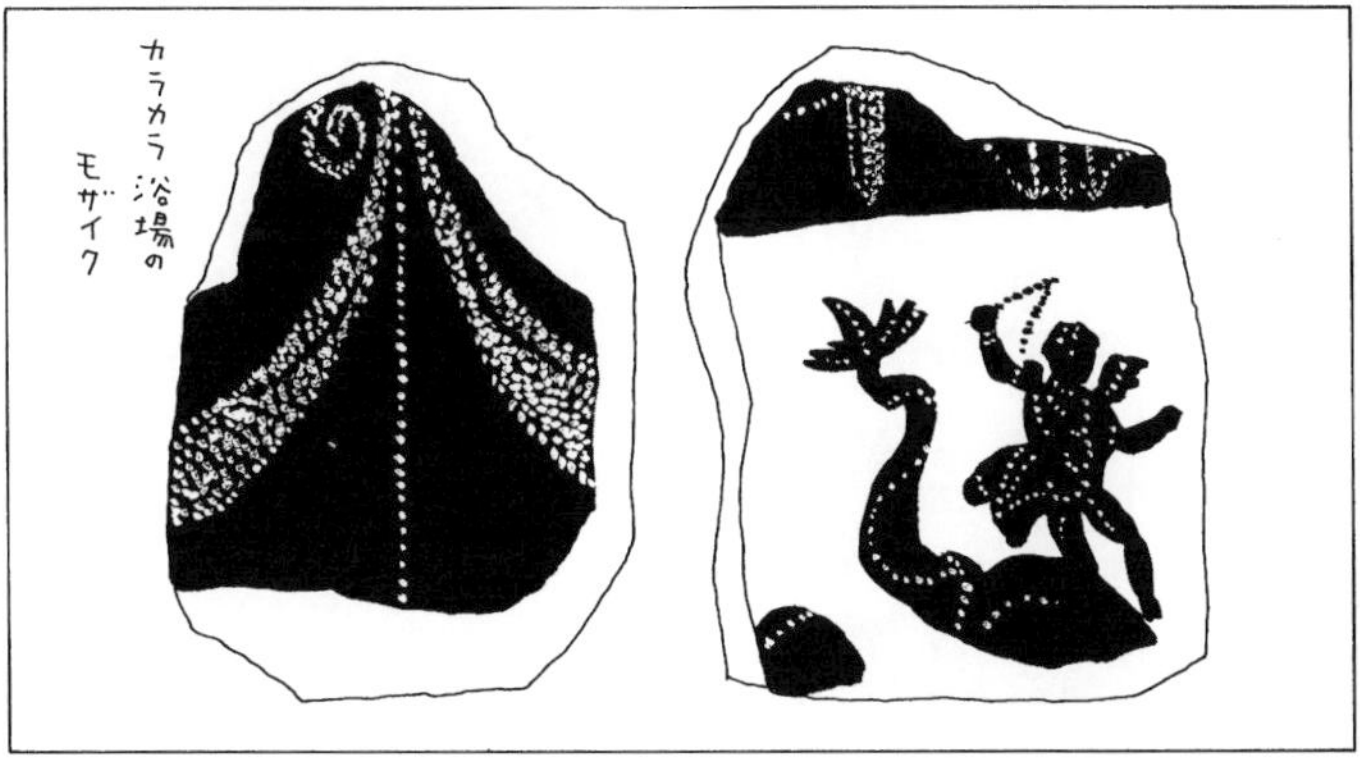

関原さんとはここでお別れだ。いっぱい走ったルノーともお別れ。バイバイ。お世話になりました。

ローマでは何も買物をしていない。友だちへのお土産もなんにもない。そこで率を夫に見てもらって、一人で町に出かけた。

ナツィオナーレ通りをウィンドー・ショッピングしながら歩く。洋服関係はどの店もオレンジ色と芥子色ばかりだった。笑っちゃうほど同じだった。今この二色がローマでは流行色なのかしら。つられて芥子色のブラウスを一着買った。袖までプリーツになっている変わったブラウスだ。縫製は日本の

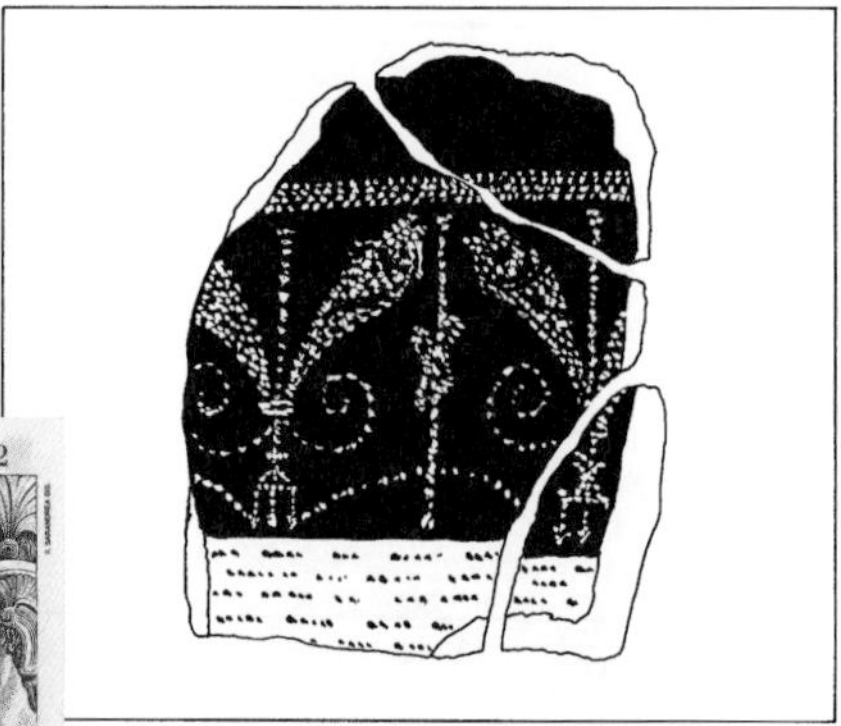

方がしっかりしてるから、よっぽど素敵でないと買う気は起こらない。

買物の時は値切るのも楽しい。もっともっとダウンダウンと食いさがる。店員はしぶとくノーノーと言う。そこをさらに食いさがってまけさせるのはすごい快感だ。

ひさしぶりに一人でショッピングした。少しの間子どものことを忘れて歩く。なにしろ私以外はみんな男だから、ショッピングの楽しさがわからないので困る。買えないと思うと、よけい買いたくなる。でも解放されて一人でウィンドーを見て歩いていると、それだけでずいぶん満足感を味わえるので、お金を出して買いたいという気持は薄らいでゆく。

うんざりするほどナッツィオナーレ通りの両側を行ったり来たりして、結局ブラウス以外はお土産用の小物をいくつか買っただけ。

ホテルに帰る。率は元気でいるのでひと安心。夫は唱にもう少しローマを見せたいと言って、入れかわりに二人で出かけた。今度は私が留守番。

二人はホテルから歩いてスペイン広場まで行って、また歩いて帰ってきた。率はずいぶんよくなってきた。カルピタ先生の処方してくれた薬が効果を上げているようだ。若いけど名医なのかもしれない。子どもだから元気になるとベッドにいるのは退屈になってくる。お腹もすいたと言う。では夕食を食べに行きましょう。

夫はイタリア最後の夜だから、イタリア料理に行こうと言う。私だって、また中華はいやだ。持ってきた観光案内書にレストランの紹介も出ているけど、予約が必要な立派なレストランばかり。子づれの私たちには庶民的なお店の方が有難い。それでフロントにきく。フロントのおじさんはナヴォナ広場はどう？と言ってくれる。ナヴォナ広場って聞いたことがあるなと思ったら、ローマの最初の日に行ったところだ。お店を推せんしてと言ったら、紙きれにレストランの名前を二つ書いてくれた。

今日はタクシーで出かける。ナヴォナ広場まで結構距離があって、おとといはこんなに歩いたのかとびっくり。

広場に立って、紙きれの名前を見る。あった。広場の両側に一軒ずつ。一つは前に入った店だった。夫は前にあっちに入ったから今日はこっちに入ろうと言う。私は前に食べたスパゲッティ・ボンゴレがおいしかったから、またあの店で食べたいと言う。子どもが二人とも私の味方について、あの店にまた入りたいと主張して、絶対多数で私たちの勝ち。トレ・スカリーニというレストランに再び入ることになった。

テラスのテーブルに来たウェイターはおなじみの人だ。前にボンゴレ事件があったからよく憶えている。むこうもこっちを憶えていて、にこにこと迎えてくれた。

ワインを頼み、さっそくスパゲッティ・ボンゴレを注文すると、例のウェイターは「今日は漁師がボンゴレをとってこなかった。ムール貝をとってきた」とおなじみのセリフを言う。それでＯＫと私は言う。子どもたちはまたまたポモドーロと言ったけど、一人はムール貝にしなさいと命令した。たまには違うものを食べた方がいい。夫はきのこのリゾットを注文。

スパゲッティ・ムール貝はなかなかの味だった。おいしいと言うとウェイターのおじさんは嬉しそうな顔をした。

ナヴォナ広場には似顔絵描きがいる。率が自分の似顔を描いてもらいたいと言い出す。夫が連れていって描いてもらってきた。何人もいる絵描きさんの中で、いちばん漫画っぽく描く人を率が選んだそうだ。人だかりがしたのに平気でモデルになったという。こういうところは次男は積極的だ。外人の見た日本人の子どもの顔という感じの絵だが、まあまあ似ている。

食事を終えると、例のウェイターがタクシーを呼ぼうかときく。おねがいしますと言って、私たち明日日本に帰るのよ、と言うと、ウェイターは急いでレストランの建物に入っていき、絵はがきを持ってきて私たちにくれた。大昔のナヴォナ広場の絵が刷ってあるはがきだった。

タクシーが来る。子どもたちはウェ

イターのおじさんに「チャオ」と言って握手をした。夏休みヨーロッパ旅行の最後の夜だ。

　ホテルに帰る前にコロシアムをもう一度見たいと思った。夜のコロシアムもきっといいだろう。運転手に「コロシアム」と言うと、「ああ、コロッセオ」と言って回ってくれた。きれいに照明がしてあって素敵だった。

　ホテルに帰って荷作り。明日は帰国だ。率の病気もだいたいよくなっているみたい。

8月18日（金）

　ホテルで朝食をすませ、荷物をタクシーに積んで出発。ローマのレオナルド・ダ・ヴィンチ空港へ。ＡＦ６３１便、予定通り離陸。パリのシャルル・ド・ゴール空港で２７６便に乗りかえて東京へ。

率の夏休み一行日記

家に帰る。長いたびはおわった。

それから

東京に着いたら率はすっかり元気になった。

ローマのカルピタ先生に約束通り写真を送った。すぐ礼状が届いた。

料理をいくつか再現した。中でもカルパッチョは大成功。冷たい薄切りの牛肉をラップではさんで、まな板に載せてすりこぎでたたいて、むこうの景色が見えるくらいに薄くのばす。ラップをとって冷たくした大皿に載せ、オリーヴオイルをたらし、塩、胡椒、レモン汁で食べる。日本の肉はおいしいから肉の味を際立たせるためにケッパーやチーズは省略。子どもたちはうちのが最高と言った。クレソンなどを添えれば、お洒落なオードブルになります。

クスクスも作った。ラザーニアも作った。クスクスはリモージュのより辛さをおさえて、私ふうにアレンジした。ラザーニアはフィレンツェとおんなじ味にでき上がった。

のんちゃんに送ってもらった荷物の中で、陶器のランプシェードは割れてばらばらになっていた。私はボンドで上手につないだ。立体のジグソーパズルみたいだった。今、台所にぶらさがっている。

25→27
リヨン
ミラノ
ITALY
ヴェネチア
ピサ 8.12
サン・ジミニャーノ
フィレンツェ 8.13
シエナ
8.14
ペルージア
アッシジ
ローマ
8.15→17
ナポリ
サン・レモ
モナコ 8.11
ニース
カンヌ
サン・トロペ
レイヨル 8.10

METRO
POLICE

FRANCE
パリ
シャルトル
オルレアン
シャンボール
7.28
ロモラン
グラセ
リモージュ
7.29
ボルドー
ポンパドール
ラスコー
ラランド 7.30
ベルジュラック
ポー
サンペ・ド・ビゴール 7.31
ルルド
8.9
SPAIN
ピレネー山脈
カネ
サラゴサ
8.1
モリナ・デ・アラゴン
ダロカ
アンポラ
バルセロナ
8.7/8
マドリッド
カンポ・デ・クリプターナ
クエンカ 8.2
ヴァレンシア
8.6
オンダラ
アリカンテ
ハエン
8.3
8.4
グラナダ
8.5